悪魔大公
と
猫又魔女

悪《あく》魔《ま》大《たい》公《こう》と猫《ねこ》又《また》魔《ま》女《じょ》

妃《ひめ》川《かわ》 螢《ほたる》

ILLUSTRATION：古《ふる》澤《さわ》エノ

悪魔大公と猫又魔女

LYNX ROMANCE

CONTENTS

悪魔大公と猫又魔女

彼方《かなた》に臨むとんがった黒い山並みと、常に月の浮かぶ藍色《あいいろ》の空。

凍てつく氷の森と赤い血の沸き立つ泉、ドクロの砂漠。

人間界とは次元を別にする、ここは悪魔界。

人間の想像力が生み出した、実にわかりやすい魔界の風景そのままに、コウモリの舞う空はときに赤く染まり、ときに雷光を轟《とどろ》かせる。

そんな悪魔界の果ての果て、辺境と呼ばれる地に、ひっそりと佇《たたず》む古びた館《やかた》がひとつ。

庵《いおり》と呼ぶにふさわしい苔生《む》した館には、猫又と呼ばれる、銀髪緋眼《ひがん》の悪魔が棲《す》むという。

人の時間では計れぬ世界の、荒唐《こうとう》無稽《むけい》な物語はいかが？

1

自由奔放に生きる悪魔といえども、統べる側にはそれなりに気苦労がある。

規律や戒律は、理性によって守られるものではなく、すべては魔界を統べる大魔王の威光によるとはいえ、施政のルールは存在する。

そうした雑務は、貴族と呼ばれる上級悪魔に課せられた役目で、爵位が上がれば上がるほど、責任という名の面倒《めんどう》がつきまとう。

その頂点に立つのが、魔界を統べる悪魔大公——大魔王さまで、その絶対的な魔力をもって、今現在、魔界に平穏をもたらしている。魔界が平和というのも奇妙に聞こえるかもしれないが、悪魔とてむやみに争いを好むわけではない。

だが、悪魔たちが日々平穏に怠惰を貪《むさぼ》れる裏には、統べる側の苦労があるわけで、絶対的な魔力と引き替えに、大魔王はそうした面倒を一身に引き受けることになる。そして、爵位を持つ上級悪魔たちがそれを補佐することで、魔界の秩序は保たれているのだ。

つまり、大魔王には、強大な魔力だけでなく政治力と事務処理能力が必要とされる。前大魔王が現大魔王に倒されたのは、そのあたりの能力差が関係していたと言われている。

もちろん現大魔王の魔力が圧倒的であることは事実で、それは誰《だれ》もが認めるところだ。歴代大魔王のなかでは突出して若く、他《ほか》に類をみない魔力と求心力を持つ一方で、前例のない変わり者だとも言われる。

その理由はさまざまあるが、一番は絶対的な魔力を振りかざそうとしないところか。

中級クラス以下の悪魔なら、絶対的なカリスマにただただ心酔していればいいのだが、そうはいかないのが大魔王の側近として執務を担うことになる上級悪魔——とくに公候爵クラスの貴族たちだ。恐怖政治を布《し》くことなく、その人格をもって魔界を統べる若き大魔王の力を認めつつも、側近一同にはただ心酔しているわけにもいかない現状があった。

クライド・ライヒヴァイン公爵は、今現在魔界のナンバーツーと言われる上級悪魔筆頭で、大魔王の右腕でもある。

その魔力は大魔王に匹敵するとも言われるが、それ以上に公爵を語る上で、苦労人の肩書きが拭《ぬぐ》えない。奔放な若い大魔王に振りまわされる、筆頭だからだ。——もちろん、そんな実情を知っているのは、一部の上級悪魔だけではあるけれど。

この日も、公爵閣下は蛻《もぬけ》の殻となった玉座をまえに、頭をかかえることとなった。

「陛下、こちらの書類にサインを――」

羊皮紙の書類を手に王宮の魔王の間を訪ねた公爵は、そこに大魔王の姿がないのを見て、眉間《みけん》に深い皺《しわ》を刻み、長嘆を零《こぼ》す。

「またか……」

長い指で眉間を押さえて、「誰かおらぬか」と傍《そば》仕えの者を呼んだ。

「大魔王さまは？」

慌ててやってきた傍仕えの中級悪魔は、大魔王さまはどこへ行かれたのかと問われてはじめて、玉座にその姿がないことに気づいた様子で青くなった。

「も、もうしわけございませんっ」

「よい。行き先はわかっている」

恐縮する付き人を片手を挙げて制して、言っても意味はないとわかりつつも、今後気をつけるようにと言い置いて下がらせる。

傍仕えの者を責めても意味はない。公爵は藍色の空に浮かぶ銀色の月を見上げて、「しょうのない方だ」と今一度の長嘆。

大魔王が執務を投げ出して姿を晦《くら》ますのは、今にはじまったことではない。頻繁にあることで、そのたび煽《あお》りを食うのが公爵なのだ。

本当は左腕と言われる魔界のナンバースリーである侯爵も、ともに責任を負う立場にあるはずなのだが、立ちまわりの上手《うま》い侯爵の一方で、生真面目《まじめ》なきらいのある公爵ひとりが苦労を背負い込むのが常だった。

「――ったく、懲りない方だ」

どうせまたつれなく袖《そで》にされて追い返されることになるのだろうに……と、若い大魔王の一途《いちず》さに呆《あき》れる一方で、こういうところが我の強い上級悪魔たちをも黙らせる求心力に繋《つな》がっているのだろうと、大魔王の大魔王たるべき資質を見る。

とはいえ、こう毎度執務を投げ出されてはかなわない。

「戻られたら、こってりと苦言を申し上げねば」

苦々しく呟《つぶや》いて、公爵はしかたなく、大魔王のかわりに書類に決裁のサインをした。


魔界の中心にあって絶対的な存在感を醸すのは大魔王の玉座を有する宮殿で、その中心地から離れれば離れるほど辺境と呼ばれる。

魔界の端まで辿り着けるのは、それなりの魔力を持つ者か、そもそも辺境の地に生まれ落ちた者だけで、ゆえに、辺境の地を目にしたことのない悪魔が大半を占める。

となれば、嘘《うそ》か本当かしれない噂話《うわさ》が生まれるのも必定で、辺境の地には夜な夜な薬草を煎《せん》じる鍋《なべ》をかきまわす魔女が棲んでいるだの、強大な魔力ゆえに猫又と化した黒猫族の長老猫が棲んでいるだの、さまざまな噂話がささやかれている。

だがそのどれも、確かめた者はいないし、事実に基づいた噂ではない。

とはいえ、まるきり嘘というわけでもなくて、多くは誇張だったりねじ曲げられていたりと、事実に即さなくなった噂ばかりだ。悪魔は常に暇を持て余しているから、噂話の類《たぐい》が大好きなのだ。

中級クラス以下の悪魔にとっては未開の地である辺境も、貴族と呼ばれる上級悪魔にとってはひと飛びの距離。大魔王ともなれば、ちょっと散歩に出る程度のものでしかない。

銀の森を越え、翡翠《ひすい》の小川を上流へ遡《さかのぼ》り、氷の湖を越えたあたり。漆黒の闇《やみ》を纏《まと》った剱《つるぎ》の山の麓《ふもと》に、古びた館が建っている。

苔生した屋根に煉瓦《れんが》の壁、鋭い棘《とげ》を持った紫紺薔薇《しこんばら》の亜種が蔓《つる》を伸ばし、まるで荊姫《いばらひめ》の城のように外界から館を隠しているために、知る者でなければ館の存在を判別できない。

藍色の空が色を濃くする魔界の果てに、黒い影が一陣の風とともに降り立った。

黒い影が、古びた館の小窓に吸い込まれる。苔生した屋根に止まっていた黒鶫《くろつぐみ》の番《つがい》が、驚いて飛び去った。館の裏手に立つ樅《もみ》の木のてっぺんで、黒鳶《くろとび》がきゅるるっと鳴いて小首を傾げる。だがすぐに、また周囲を警戒しはじめた。館の主《あるじ》の使役令に従っているのだ。

その鳴き声に気づいて、台所で薬湯を煎じていた庵の主、黒猫族のヒルダ——ヒルデガルトは、ひとつ息をついて、火の管理を竈《かま》の住人である火吹きイグアナに任せた。

それから、いつもは気にせず放置している銀色の耳と二股《ふたまた》に割れた長い尾を消す。変化途中の中途半端な姿は、悪魔がもっとも嫌うものだ。一番みっともない姿とされる。

ヒルダはあるときから、猫耳二股尾を意図的に消さなければならなくなった。ひとりのときは気にせずそのままだが、来客時にはそうもいかない。しかも相手が相手だ。

ダイニングのドアを開けたところで、一陣の旋風《つむじかぜ》とともに飛び込んできた長身に黒衣に包まれた痩身《そうしん》を拘束された。リーチの長い腕に捕らわれ、抗議の声をあげるまえに頬《ほお》にキス。

不埒《ふらち》な侵入者の正体は、気配を感じたときからわかっている。

こんな辺境にまでやってくる酔狂な悪魔など限られている。それも、魔女と噂される猫又の庵になど……。

「陛下……」

もう何度目かしれない呟きとともに長嘆。大魔王が供も連れずにくるような場所ではないと、何度諫《いさ》めたらわかるのか。

「昔みたいにジークと呼んでよ、って何度も言ってるのに」

甘い声がすぐ後ろから届く。現大魔王は、その名をジークフリート・フォン・カイザーという。首を巡らせると、精悍《せいかん》な面の中心で青い瞳《ひとみ》がヒルダを捉《とら》えていた。

胸元には魔力の強さを表す大粒の宝石、黒衣を飾る金銀細工は魔界の専門職人の手によるもので、玉座に座ることを許された者のために特注された逸品だ。まごうことなき、大魔王の証《あかし》。

「そういうわけにはまいりません」

腰を抱く腕を軽く払い、正面を向いて腰を折る。

「このような辺境の地へわざわざお運びいただきまして」

礼を尽くして傅《かしず》くと、頭上から嘆息が落ちてくる。

「やめてほしいな。公務で来ているわけじゃない」

そういって、力強い腕がヒルダの二の腕を摑《つか》んで引き上げる。広い胸に捕らわれて、顔を上げると、青い瞳が悪戯《いたずら》な色を宿してそこにあった。

「また抜け出していらっしゃったのですか？　公爵閣下がお怒りですよ」

魔界を統べる王が執務を投げ出しては、下の者に示しがつかないではないかと諫めるものの、まるで聞く耳を持たない。

「私《わたし》などよりクライドのほうがよほど大魔王に向いている。私の出る幕はないよ」

魔界のナンバーツーと言われる公爵のほうが自分より統べる立場に向いているなどと、弱肉強食の

魔界にあるまじきことを言う。

「そのようなことを……」

呆れたため息で返すと、今度は拗《す》ねた顔で古いことを持ち出した。

「ヒルダが偉くなれって言うからなったんだ」

権力が欲しかったわけではないなどと、それこそ力ある者でなければ言えないセリフだが、冗談で言っているわけではないから困る。

「そのようなこと申しましたでしょうか。昔すぎて忘れました」

逞《たくま》しい胸をやんわりと押し返しながら言うと、無理強いするでもなく「ずるいな」と引く。でも、拘束した腕は放さない。

ヒルダの痩身を引き戻すと背後にまわり、黒衣の襟元をそっとなぞる。すると繊細な細工が施された首飾りが現れた。魔海でとれる黒珊瑚《さんご》や血赤珊瑚、黒ダイヤなどが、フィリグリー細工の土台にちりばめられている。

「やっぱり思ったとおり、ヒルダの銀の髪によく栄える」

似合うよ……と、耳朶《じだ》に甘いささやき。

「珊瑚職人に特注したんだ。重くないから、邪魔にもならないだろう？」

毎度のプレゼントだ。この庵を訪ねるとき、彼はかならず贈り物を持参する。それも、高価なものばかり。

「こんなもの、いただけません」

「どうして？」

「いただく理由がありません」

大魔王といえども、黒珊瑚や血赤珊瑚をこれほどふんだんに使った宝飾品など容易《たやす》く手に入れられるものではないはず。

そんな高価なものを贈られる立場にはない。自分は辺境に隠居した身だ。

「気に入らなかった？」

「趣味ではないですね」

あえてつれなく返す。繊細な細工の首飾りを外して、壁際のチェストの上に傷をつけないようにそっと置いた。

そういうヒルダは、いつもシンプルな長衣を羽織っているだけで、特別自分を飾りたてることをしない。

その昔、執事として貴族に仕えていたころには、それなりの格好をしていたけれど、主を亡くして辺境に引っ込んでからは、自身を飾りたてることもなくなった。

「そうかなぁ。ヒルダはもっと華やかな格好のほうが似合うよ」

「こんな年増が飾りたてたところで意味はありません。お持ち帰りになって、若い愛人にでもプレゼントなさいませ」

大魔王なら、どんな綺麗《きれい》どころも思いのままだ。辺境の地で魔女だの猫又だのと噂される隠居に興味を持つ必要などない。

「欲しいのはヒルダだけだよ」

背を向けようとすると、阻まれて、正面から告げられる甘ったるい言葉。

「大魔王ともあろうお方が、不用意な発言はおやめなさいませ」

眉間に皺を刻んで苦言を呈しても、「本当のことだよ」と軽くかわされてしまう。出会ったときからずっと言っているのに……と、指先を頬に滑らされる。

その手を払って、腕の拘束をすり抜ける。大魔王の魔力をもってすれば、ヒルダひとりどうとでもなるはずなのに、彼はそうしない。ようは暇つぶしなのだろうと、ヒルダは受けとめている。

「何度こられても、無駄ですよ」

大魔王に求められたからといって、頷《うなず》けることとできないことがある。

「何度断られても、諦《あきら》めないよ」

せめてお茶くらいは淹《い》れようとリビングを出ようとすると、またも背中から抱きとめられて、今度は旋毛《つむじ》にキス。

まったく、犬でも狼《おおかみ》でも猫でもないくせして、スキンシップ過多で困る。少年のころからそうだった。

「お茶を淹れますから」

座って待っていてほしいと、今一度拘束の腕から逃れて、パントリーへ。

貴族の館や王宮のような広さのない庵はコンパクトなつくりで、竈《かまど》を守る火吹きイグアナのほかには、数種類の使役獣がいるだけだ。雑務をするゼブラ模様のテンもひとつの群れしかいないし、書庫を管理する守宮《ヤモリ》と、あとは魔界のどこでも繁殖する羽根兎《はねうさぎ》くらいか。

ひたすら可愛《かわい》い以外になんの役にも立たないと言われる羽根兎だが、それを使役させられるのが魔女だの猫又だの言われるヒルダの魔力だ。

「お菓子は？」

「ございますよ」

周辺の森で摘んできた木の実を使った素朴な茶請けだが、魔界の森に育つ薬草をブレンドしたお茶と合わせるのが大魔王のお気に入りだ。彼にこの味を教えたのは、遠い昔、まだ主持ちだったころのヒルダだ。

「そういえば最近は、人間界の食べ物を模したお菓子が魔界の流行《はや》りだとか」

噂が届いていますよ……と笑うと、大魔王は「ヒルダのところまで噂が届いているんなら流行りも本物だね」と肩を竦《すく》める。

「またウェンライト伯爵ですか？」

魔界に人間界の食べ物ブームを持ち込んだのは、伯爵位にある上級悪魔だ。ウェンライト伯爵は、なぜ貴族位にあるのかと不思議がられる人物だが、それが表向きの姿でしかないことを、ヒルダは大魔王から聞いて知っている。

「アルヴィンは人間界が好きだからね。執事のイヴリンが苦労してる」

目を離すとすぐに人間界に下りてしまう主を諫めつつ、その主のために人間界のものを真似《まね》て魔界の素材でお菓子づくりに励んでいるともっぱらの噂だ。そのお菓子が美味《おい》しいと評判になって、魔界に人間界の食べ物ブームを呼び込んだ。

「大変優秀な執事だと聞き及んでおります。主が奔放であればあるほど、能力を発揮することでしょう」

執事職を生業とする黒猫族は、主に必要とされればされるほど力を増し、執事としての能力を向上させる。奔放な主に振りまわされながらも執事職を完璧《かんぺき》にこなしているのだとすれば、それは主との間に強い繋がりがあることの証明だ。

「誰もヒルダ以上にはなれないよ」

「私は隠居した身です」

もはや執事ではないと返す。

「ひどいな、約束したのに」

来訪のたびに持ち出される話題。それも何度も。だが答えは決まっている。

「歳《とし》をとると物忘れがひどくて」

覚えていないと惚《とぼ》ける。幾度でも。

ゆっくりと抽出されたヒルダのオリジナルティーを冥府《めいふ》の窯《かま》で焼かれたティーカップに注ぐ。繊細な絵付けのティーセットは、大魔王が玉座についたときにヒルダが密《ひそ》かに新調したものだ。記念に……と特注しただけのことであって、よもや本人が使うことになるとは思わなかったが、今では大魔王専用になっている。もちろん、手に入れた経緯を語ったことはない。

そこへ、焼きたての木の実のお菓子を盛った皿を頭にのせて、二匹の羽根兎がやってくる。

「きゅい」

羽根兎が自慢げに顔を上げる。

「ありがとう」

皿を受け取ったヒルダが長い耳を撫《な》でてやると、二匹は嬉《うれ》しそうに飛び跳ねた。

ひたすら可愛い以外になんの役にも立たないと言われ、使役獣としては使えないはずの小型魔獣が従順に命令に従う姿を見て、大魔王はこれも毎度の感嘆を零す。

「羽根兎が働く姿なんて、ここでしか見られないだろうな」

魔界の七不思議だ……と肩を竦める。そして、足元の羽根兎を膝《ひざ》に抱き上げた。

「きゅいきゅいっ」

大きな手に撫でられて、二匹は心地好《よ》さそうに目を細める。もふもふの小動物が丸くなって甘える姿は実に愛らしい。

「やれることをさせればよいのです。羽根兎には羽根兎の特性があります。この仔《こ》たちだって、役に立ちたいと思っているのですよ」

冷めないうちに召し上がれ……と、羽根兎たちが運んできた小皿をティーカップの横に滑らせる。

大魔王の膝の上の二匹が、どこか自慢げな顔で彼を見上げた。褒めて褒めてとねだる視線に苦笑して、小さな頭を存分に撫でてやってから、木の実の菓子に手を伸ばす。そして、嬉しそうに頬張った。

そんな表情は、少年のころとまるで変わらない。緋色蓮華《ひいろれんげ》の咲き誇る草原ではじめて出会った、遠い遠い昔と……。

「ヒルダも一緒にお茶にしよう」

「いえ、私は……」

大魔王と同じテーブルにつくなど……と辞退しようとすると、美しい碧眼《へきがん》が悪戯《いたずら》な光をたたえて煌《きら》めいた。

「じゃあ、執事になってくれる？」

客を出迎える主としてこの場にいるのでなければ、執事として大魔王に仕えているつもりなのかと返される。これもいつものやりとりなのだけれど、ヒルダとしては辞退を申し出ないわけにはいかないのだ。

「……」

いいかげん諦めてほしいのだけれど……。かく言うヒルダにも譲歩する気はないのだから、お互い様といえばお互い様だ。

しかたなく、斜向《はす》かいの椅子《いす》に腰を下ろす。すると、大魔王の膝の上でぬくぬくと目を細めていた羽根兎がぴょこりと顔を上げて、ヒルダのためにポットからティーカップにお茶を注ぎはじめた。

「ありがとう」

小さな頭を撫でて褒めてやると、嬉しそうに鳴いて、今度はヒルダの膝で丸くなる。

大魔王のためにブレンドするようになってから、定番となった薬草茶は、ヒルダの舌にも馴染《なじ》んだ味だ。弛緩《しかん》作用があって、心身の疲れを癒《いや》してくれる。

玉座について多忙を極めているだろうと、気遣ってブレンドしたものだったのだが、蓋《ふた》を開けてみれば、気苦労を背負い込んでいるのは公爵のようで、若い王は相変わらずの奔放ぶりだ。

絶対的な力ゆえに、下剋上《げこくじょう》の心配もなく、しかもナンバーツー、スリーともに、玉座につくような面倒は御免だと考えているような悪魔貴族だ。常に玉座にいて魔界中に目を光らせていなければならないわけではないのだけれど、ヒルダとしては苦言を呈さないわけにはいかない。

「それをお飲みになられたら、城にお帰りください」

玉座を空けたままでいいわけがない。そのうち本気で公爵の雷が落ちそうだ。

「やだ」

「陛下」

子どものような口調ながら、注がれる視線には艶《つや》めく色。今や、魔界のすべてが自由になる身でありながら、こんな辺境の地で隠居を相手になどしていなくてもいいだろうに。

「ディナーは、ヒルダ特製のシチューがいいな」

その昔、食べさせてやったことがある。ひとりで大鍋ひとつを平らげて、ヒルダを驚かせた無邪気な少年の姿は、いまやどこにもない。

「城のシェフがもっと美味しいものを用意して、陛下の帰りを待っていますよ」

こんな辺境で田舎料理を口にせずとも、城には専属のシェフがいて、もっと洗練された料理をつくってくれる。

「ヒルダの手料理以上に美味しいものなんてないさ」

ヒルダのつくったものが食べたいのだと言われて、つい気がゆるんだ。

「黒麦のパンを添えて、ですね」

うっかり返してしまったあとで、ハッとする。シチューには黒麦のパンがつきものだ。

「焼きたてだよ」

焼きたてのパンを添えてくれなきゃいやだと、また子どものような要望を付け足されて、ヒルダはひとつ嘆息した。本当に自分は彼に甘い。

ヒルダの記憶には、やんちゃな少年だった日の彼の姿があるのだから、それもしかたない。人間の時間では遠い遠い昔のこととはいえ、悪魔にとってはほんのわずか前のことにすぎないのだ。貴族として成長した彼に再会した日の驚きは、いまでも鮮明に覚えている。

――『約束どおり、迎えにきたよ』

貴族の証である強い力を宿した宝石を胸に戴き、美しい青年悪魔に成長したかつての少年が、何もかもを失《な》くした自分に差し伸べた手はひどく魅力的で、だからこそ握り返せなかった。その一方で、とても誇らしい気持ちになったことも覚えている。

「ヒルダ？」

「……はい？」

呼ばれて我に返った。

遠い記憶に耽《ふけ》っていたヒルダを、テーブルに頬杖《ほおづえ》をついた大魔王が、下から覗《のぞ》き込むようにうかがっている。

「なにを考えてる？」

なんだか楽しそうだ……と、口許《もと》をゆるめてみせる。細められた碧眼の中心にヒルダがいた。あのころとは違う、銀色の髪をして。

「昔を思い出していたのです。あなたがまだ小さくて――」

小さいとはいっても、やんちゃな少年だったけれど、永遠の時間を生きる悪魔にとっては赤子に近い。

だが、カップに添えた手をふいに摑まれて、ヒルダは瞳を上げる。胸中の驚きを表に出さないように努めながら。碧眼が、不服の色を宿してそこにあった。

「私はもう、無力な子どもではない」

貴族の末席を汚すことすらできないでいた生まれたばかりの悪魔とは違うと言う。彼の訴えたいことなど当然わかっていながら、ヒルダははぐらかすように頷いた。

「ええ、陛下」

「ジークだ」

紛うことなき魔界の支配者その人だと返す。

今この場では、玉座につく大魔王ではなく、ひとりの悪魔でしかないと言う。そんな話が通るわけもないのに。

「いけません」

握られた手を払う。

だが、いつもなら容易く離れるはずの体温が、今日は思いどおりにならなかった。より強く握られて、その手を引かれる。椅子を蹴《け》った足がふらついて、広い胸に捉われた。

「ジーク！」

思わず呼んでしまってから、ハッとして口を噤《つぐ》む。すぐ間近で、笑みが零れる気配。

「やっと呼んでくれた」

吐息が近づいて、ヒルダは慌てておおいかぶさる肩を押す。だが、力でも魔力でも、かなうはずもない。

「おやめください」

努めて冷静に突き放しても、

「やだ」

まるで拗ねた子どものように返される。

「ジーク……っ！　や……っ」

懸命に逃れたら、今度は壁に追い詰められて、腕の囲いに捉われた。狩った獲物をいたぶる猛獣がごとき余裕に反発を覚えて、顔を上げたその隙《すき》をつかれる。

「……んっ」

快楽に従順で怠惰な悪魔といえども、口づけには意味がある。とくにストイックに主に尽くすことを生き甲斐《がい》とする黒猫族にとっては……。

だが、主を失って辺境の地に隠遁《いんとん》した身である以上、どれほど求められても大魔王の求めに応じることはできない。

するり……と首に腕をまわすと、ヒルダが受け入れたと思ったのだろうか、瘦身を拘束する力強い腕により力がこもる。

だが、ヒルダの意図は違っていた。

大魔王の襟足で、パチッと弾《はじ》ける火花。驚いた大魔王が口づけを解き、ヒルダの緋眼を見据える。

ヒルダはサッと身体《からだ》を離すと、その場に膝をついた。

「ご無礼をお許しください」

頭を垂れ、支配者に対して礼儀を尽くす。不服気な嘆息が落とされても、顔を上げなかった。

「やめてくれ」

いらだたしげに言われても、ヒルダは顔を上げなかった。

「ヒルダ！」

二の腕を摑まれ引き上げられて、美しい碧眼に間近に睨《にら》まれても動じない。それくらいの時間は生きてきた。

「城にお戻りなさいませ、陛下」

抑揚のない口調で突き放す。

ここは、大魔王のいるべき場所ではない。自分のような隠遁者になど、興味を示すものではない。こちらも、玉座につく存在に興味などない。権威者の寵愛《ちょうあい》によってもたらされるあれこれに興味を惹《ひ》かれるほど、もはや若くはないのだ。

偽ることになれきった瞳と、真実を見抜こうとする瞳の攻防は、いつも同じ結果をみる。引くのは大魔王のほうだ。「わかったよ」と、嘆息。そして、今一度軽く触れるだけのキス。

「またくるよ」

大きな手がヒルダの頰をやさしく撫でて、額に落とされるキス。幼い日に、ヒルダが教えた慈愛の表現だ。

一陣の風が吹き抜けて、大魔王の姿が消える。

藍色の空に浮かぶ銀色の月を横切る姿さえほんの一瞬、魔界の支配者は自由自在にこの地を行き来することができる。

圧倒的な存在が庵から消えて、ヒルダはへたり込むように傍らの椅子に腰を落とした。額が熱い。

唇はもっと熱い。頬が火照って心臓がバクバクと煩《うるさ》い。

大魔王の前では懸命に抑えこんでいる感情が溢《あふ》れだして、彼を追い返したあとはいつもこうだ。へたり込むヒルダを気遣うように、羽根兎たちが膝によじ登ってくる。そして「きゅいきゅい」と鳴いた。

「ありがとう、大丈夫だよ」

いい子だね……と小さな頭を撫でてやる。ふかふかの小型魔獣を抱きしめて、そして気持ちが落ち着くのを待つ。

キャビネットの上に、置き去りにされたネックレス。

毎度の贈り物は、毎度突き放して持って帰れと言うのに、結局はヒルダの手元に残される。それを手元に引き寄せて、慈しむように指先でなぞった。

美しい細工物は、隠居の身には分不相応すぎる。それでも、捨てることなどできるわけもない。これまでに送られた物も、趣味ではない、興味はないと言いながらも、その実すべて大切に保管してあるのだ。

「ジーク……」

美しい首飾りに口づけて、それを書斎の棚に納める。これまでに贈られた物がすべて、並べられた秘密の棚だ。鍵《かぎ》をかけてあって、ヒルダにしか開けられない、宝物を納めた棚。

姿見に映る己の姿に目をやる。大魔王の気配が消えれば、耳と二股尾を隠しておくこともままならなくなる、銀色猫。

この姿すら、薬でどうにか保っているありさまだ。大魔王の寵愛など、受けられるわけがない。自分には、彼を受け入れる資格がない。

この姿は、犯した罪の証拠だ。

魔界の理《ことわり》を犯しながら、それを隠し、むざむざと生きながらえている。

はじめはただ、助けた少年の成長を見たいがために。そのあとは、己の欲望のままに。その資格などないとわかりながら、魔界の支配者となった彼が会いに来るのを待っている。

あさましい。

この銀の髪は、黒猫族として長じた結果の変化ではない。

罪の色だ。

天界の白が、魔界の黒に混じった。

誰にも言えない、罪の証。

それはもう、すでに遠い昔の話。

先代大魔王の統治下にあった魔界の片隅での出来事。

2

魔界の中心から少し外れた場所に建つハイドラー公爵の館の周囲には、緋色蓮華が咲き誇り、羽根兎の群れが棲みついている。

ひたすら可愛い以外になんの役にも立たないと言われる小型魔獣だが、そのかわり愛くるしさでは群を抜いている。

その、黒くてふわふわもこもこの集団のなかに、黒い影がシュタッと降り立った。額に三日月型の痣《あざ》を戴く美しい黒猫だ。

途端、羽根兎たちが「きゅいきゅい」と嬉しそうに鳴いて、黒猫の周囲に集まってきた。鼻先を寄せてきた一匹の頬を黒猫がペロリと舐《な》める。そして、ぽんっ！　と弾ける音とともに、変化を解いた。

「くすぐったいよ」

懐いてくる羽根兎を抱き上げたのは黒猫族の執事。ハイドラー公爵に仕えるヒルデガルト——ヒルダだった。

やわらかな黒髪と、長い睫毛《まつげ》の奥には印象的な緋色の瞳。碧眼や緑眼、金眼など多彩な色味の瞳を持つ黒猫族にあっても、緋眼は珍しい。

黒髪と白い肌に映える瞳の色は、ストイックな執事服をまとった美貌《びぼう》の痩身を、より妖艶《ようえん》に見せている。

「旦那《だんな》さまのために薬草を摘みにきたんだよ。一緒に探してくれる？」

「きゅいっ」

ヒルダが仕えるディートハルト・ハイドラー公爵は、魔界に名を馳《は》せる上級悪魔であり、大魔王の側近を務める大貴族でもある。

最近になってようやく落ち着きを見せはじめたものの、長く天界と全面戦争をつづけていた現大魔王を支えた英雄でもある。

黒猫族として成人してすぐに公爵に仕えることを許されたヒルダは、以来ずっと公爵ひとりに忠誠を誓ってきた。執事として上級悪魔に仕えることを生業とする黒猫族にとって、位の高い強い悪魔に仕えることはステイタスであり、イコール自身への評価でもある。

その主の信頼を得ることで、より力を強め、ときに上級悪魔に匹敵するほどの魔力と寿命を得ることができるのだ。

悪魔は永遠の時を生きるけれど、ほぼ不死と言っていい上級悪魔と違い、中級以下の者にはやがて力尽きるときがくる。

だが、主との信頼関係が強まれば強まるほどに、黒猫族は主の魔力を分け与えられるかのように力を強めるのだ。

執事の能力値が高ければ、館を完璧に管理することができる。それは結果として社交界の評判にも繋がって、貴族の評価となる。力ある執事を持つことは、貴族にとってもプラスとなるのだ。

「ディナーは何がいいかな。昨日は魔界牛のステーキだったから、今日は煮込みがいいかな」

「きゅい」

腕に抱いた羽根兎を撫でながら、薬草を探して歩く。足元には、わらわらと羽根兎の群れ。

すると今度は、言いつけておいた雑事を終わらせたゼブラ模様のテンたちがやってきて、足元にまとわりつく羽根兎の群れに交じった。

ひたすら可愛い以外になんの役にも立たないと言われる羽根兎と違い、テンは館の管理に欠かせない使役獣の代表格だ。

自分たちは羽根兎とは違うというプライドがあるのか、ヒルダの身体をするすると登って、己を主張するかのように肩にくるりと巻きつき頬ずりをする。一匹ならいいけれど、二匹三匹と乗られるとさすがに重い。

「ヤキモチ焼きだね」

しかたなく、腕に抱いていた羽根兎を足元に下ろして、テンたちも下ろす。一同を引き連れて、館周辺を散策する。

求める薬草を摘み、その途中でたわわに実っていた黒林檎《リンゴ》をもいで、食後のデザートにすることにする。冥界山羊《やぎ》のチーズと合わせれば、オードブルにもなるし、薬草と合わせてハーブティーにしてもいい。

もいだ黒林檎を運ぶのはテンたちに任せて、羽根兎たちには見つけた薬草を食べるように言う。悪魔にも効力のある薬草は、もちろん羽根兎にも効果がある。

とくにヒルダが摘みにきた薬草はここらにしか生えていないもので、魔力を強める効力があるのだ。羽根兎たちが下級魔獣の餌《えさ》になる危険を少しでも減らしてやろうという気遣いだ。

魔界の食物連鎖の最下層に近いところにいる小型魔獣ではあるが、愛くるしさで充分に上級悪魔の役に立っている。餌になるのを見て見ぬふりはできない。せめて館周辺に棲みつく群れだけでも、危険から遠ざけてやりたいと思う。

「気をつけるんだよ。旦那さまの力が及ぶ範囲はまず大丈夫だと思うけど、なにが潜んでるかわからないからね」

「きゅいきゅい」

館の周辺は、主である公爵の力に守られているけれど、少しはずれたら、そこはもはや魔界の無法地帯だ。食う者と食われる者との攻防が日々繰り返されている。

冥界山羊が草を食《は》む丘を越えたあたりまできたら、黒酸塊《すぐり》が実っているのを見つけた。これも摘んで帰ることにする。

でも、テンたちはすでに黒林檎を抱えている。少し考えて、ヒルダは羽根兎に問いかけてみた。

「運んでくれる？」

「きゅいっ」

羽根兎が嬉しそうに長い耳をふわり…と揺らす。使役獣としては使えない羽根兎だけれど、遊ぼうと言えば一緒に遊ぶ。使役令ではなく、一緒に遊んでいる気にさせればいいのだ。

黒酸塊の実を摘んで、羽根兎の群へ。おのおの頭の上やら背中やらに黒酸塊の実をのせて、嬉しそうに飛び跳ねる。

「落とさないように運んでね」

「きゅいっ」

ディナーの食材調達はこのへんにして、公爵にお茶を淹れるためにそろそろ館に戻らなくては。

あとはお茶にするための紫紺薔薇の蕾《つぼみ》を摘んで帰ろうと、水晶の小川の向こうで群生する一面の紫紺薔薇に視線を向ける。上空を旋回している斥候鶫《せっこう》にパントリーまで運ばせるつもりで使役令を出そうとして、ヒルダはそれに気づいた。

一面に咲き誇る紫紺薔薇の真ん中あたりに、何かが埋もれている。肉食大青虫《にくしょくおおあおむし》でも隠れているのかと一瞬警戒したものの、動かないのをみて肩の力を抜く。

「なんだろう……」

ヒルダの呟きに呼応するかのように、羽根兎とテンが、鼻をヒクヒクさせた。

そっと近寄って、それがまだ子どもの悪魔であることに気づく。

子どもといっても、人間の少年くらいのサイズだが、永遠に近い時間を生きる悪魔にとっては、赤子と言ってもいい。

まだ若い少年悪魔は、身体中に傷を負って倒れていた。黒く艶やかな髪とすべらかな肌、瞳は閉じられているけれど、それでもなかなかの美少年であることがわかる。

「宝石……」

胸に大きな宝石を下げているのを見て、いずれは貴族と呼ばれる上級悪魔になるべく生まれた、特別な存在であることが知れた。

いまはまだ若くて魔力も充分ではないけれど、成長すればやがて強大な力を有する悪魔となるだろう。

そんな上級悪魔の少年が、なにがどうして紫紺薔薇の園に倒れ込んでいるのか。

そっと上体を傾げて、息をしているかを確認する。

悪魔は塵《ちり》となって消滅するから、実体があるということは生きている証拠なのだけれど、あまりにも動かないものだから心配になった。

羽根兎とテンたちも、ヒルダに習うように心配げな顔で少年を囲んで覗き込む。

「きゅい？」

生きてるの？　と問うようにヒルダを見上げて、小首を傾げる。安心させるように微笑《ほほえ》んで、「生きてるよ」と返してやる。

治療しなくちゃ……と、ヒルダは紫紺薔薇に埋もれた少年の傍らに膝をついた。

執事職を生業とする黒猫族は、高い治癒能力を持っている。主に万が一のことがあったときのためだ。

紫紺薔薇の園から出すべきかと考えたが、下手に動かして怪我《けが》が悪化する可能性もあると考え、まずはその場で目に見える傷だけでも癒すことにする。

額に掌《てのひら》をかざしてエネルギーを送り込む。

ヒルダの掌から目映《まばゆ》いエネルギーが溢《あふ》れて、少年を包み込んだ。

ややして、少年が白い瞼《まぶた》を震わせる。

それがゆっくりと開かれて、奥から宝石と同じ紺碧《こんぺき》色の瞳が現れた。澄んでいて、とても綺麗だ。

瞳が開かれると、ますますもって美少年だった。

「気づいた？」

ヒルダの問いかけを受けて、少年が長い睫毛を震わせる。

「僕……」

瞳を巡らせて、ヒルダをその中心に映した。碧眼がゆるゆると見開かれる。

「大丈夫？　痛いところはない？」

やわらかそうな頬に手を添えて、そっと撫でる。少年の白い頬が、ぽうっと朱を帯びた。

短時間で完治させられるような傷ではないが、意識ははっきりしているようだ。

「こんなに傷だらけになって、いったいどうしたの？」

大型魔獣にでも襲われたのだろうか。

いずれは貴族となるべく力を持って生まれた悪魔といえども、成長過程では当然のことながら篩《ふるい》にかけられる。魔界の生存競争を勝ち残った者だけが、成長後に爵位を与えられ、大魔王の側近として魔界の支配階層に座することを許されるのだ。

頭についた紫紺薔薇の花弁をとってやって、怪我に注意しながら身体を起こしてやる。すると、その手を払われた。

「平気だ。自分で立てる」

つらそうにしながらも、助けはいらないとヒルダを突っぱねる。

それは、少年なりのプライドだったのだけれど、小さな子どもを助けたつもりしかないヒルダには意地を張っているようにしか見えなかった。

「無理はしないほうが……」

「……っ」

言う傍から少年が呻《うめ》いて、片膝をつく。

「……くそっ」

男爵の野郎……っ！　と少年が毒づくのを聞いて、ヒルダは目を瞠《みは》った。

「男爵!?　きみ、何をしたの!?」

この傷は男爵と戦って負ったものだというのか……!?　生まれていくらも経《た》たない少年悪魔が、貴族に戦いを挑んで無事だったなんて……。

「男爵が囲ってる愛人のひとりにちょっかいかけただけだ」

おもしろくなさそうに少年が吐き捨てる。

度胸試しとばかりに男爵の館に忍び込んで、囲われている蛇蜥蜴《へびとかげ》族の綺麗どころにちょっかいをかけていたところをとうの男爵に見つかって、一撃を浴びせられたというのだ。

ヒルダは啞然《あぜん》と瞳を瞬いた。

「……はぁ？」

作り話ではなさそうだけれど、そんな命知らずは聞いたことがない。

「痛って」

ちょっと声をかけただけだったのに……と、不服そうにする少年の横顔を、まじまじと見やる。なんと豪胆な……と、感心するのも通り越して呆れてしまった。

紫紺薔薇に埋もれた傷だらけの少年悪魔をまじまじと見やることしばし、ヒルダはクスリ…と笑みを零した。

「おマセさんだね」

人間界なら、まだティーンエイジャーと称されるくらいの大きさだ。よほど魔力を有り余らせているらしい。悪魔としては将来有望と言えるだろう。

「ガキ扱いするなよっ」

少年が口を尖《とが》らせる。

「はいはい」

ヒルダのくすくす笑いが止まらないのを見て、おもしろくなさそうに顔を背けた。頬が赤いのは傷の影響だろうか。薬湯《やくとう》を煎じてやらなければ。

「館へおいで。旦那さまには私から話をとおしてあげるから」

少年の手を取ると、今度は素直に応じる。

「ここ……」

「ハイドラー公爵の館だよ」

高い塔を持つ荘厳な館を仰ぎ見る。少年悪魔は「公爵!?」と、目を瞠った。

だが、驚きもわずかな間、興味深げに碧眼を眇《すが》めて「へぇ……」と呟く。そんな表情は、少年のそれではない。青年への成長過程にある危うさを感じさせる。

塔を見上げる少年の横顔に、ヒルダは目を奪われた。胸に戴く大粒の宝石からも飛び抜けた美貌からも、将来高位の貴族に上りつめるであろうことは容易に想像可能だけれど、それだけではない特別な力と存在感がある。

「あんた、名前なんていうの?」

碧眼がふいに自分を捉えたかと思ったら、不躾《ぶしつけ》に名を尋ねてくる。ヒルダは眉間に皺を刻んだ。

「ひとに名を尋ねるときは、まず自分から名乗るのが礼儀というものです。いずれ貴族になるのなら覚えておきなさい」

ツンッと返すと、少年は少し臆《おく》した表情をして、それから素直に名を名乗る。

「ジーク……ジークフリートだ」

綺麗な碧眼にヒルダを映して、きっと与えられたばかりだろう名を名乗る。貴族以外の悪魔には、ファーストネームしかない。

「ヒルデガルト。ヒルダと呼んでくださって結構ですよ」

少年の素直さに免じて、ヒルダも名を教える。ニッコリと微笑むと、また少年の頬がうっすらと朱に染まった。

その頬の傷を、そっと手をかざして治してやる。けれど体内の傷は、時間をかけて癒してやる必要がありそうだ。

「ヒルダは黒猫族？　公爵の執事なの？」

館へ移動しようと手を差し伸べると、その手をじっと見ていたジークが尋ねてくる。

「ええ、ハイドラー公爵にお仕えしています」

だから何も心配はいらない……と少年を引き起こそうとしたら、その手をぐっと強く握られた。

「綺麗な目だね。はじめて見る色だ」

「……あ、りが……とう」

すぐ間近に顔を覗き込まれて、ドキリとした。見据える碧眼には強い光。子どものくせに、妙に艶っぽい表情をする。

するとそこへ、『ヒルダ』と呼ぶ声が轟いた。ハイドラー公爵だ。お茶の時間をとうに過ぎていることに気づいて、ヒルダは慌てた。つい少年にかまけてしまった。

吹き抜ける一陣の風。

黒い影が人型をなして、黒衣を纏った壮年の悪魔が姿を現す。ロマンスグレーの紳士だ。

「ヒルダ、どうしたね？」

やさしい声が問う。責めているのではなく、なかなか戻らないヒルダを心配して城から出てきたのだ。

「旦那さま……申し訳ございません、すぐにお茶の用意を——」

戻ろうとしたところで行き倒れているジークを見つけてしまったのだと思いだす。公爵の目が、傷だらけの少年悪魔を捉えた。

「ハイドラー公爵か？」

少年悪魔が、勝気な瞳で公爵を見上げる。そして、唐突なことを言った。

「ヒルダは俺がもらう！」

驚いたのはとうのヒルダだ。

「……はぁ？」

緋色の瞳を見開いて、傍らの少年を見やる。冗談を言っている横顔ではない。

「ほう？　おもしろいことを言う坊主だ」

公爵が口角をゆるめた。

「坊主じゃない！　ジークフリートだ！」

子ども扱いするな！　と公爵に食ってかかる。ヒルダが止めようとしても聞かない。

少年の勝気な様子を見て、公爵が「ふむ」と顎《あご》を撫でた。ジークの頭のてっぺんから爪先《つまさき》までを眺めて、胸の宝石に目を止め、ニンマリと笑みを刻む。

「なかなか立派な宝石だ」

将来有望そうだが……と呟いて、スッと片手を上げた。

途端、ジークの身体が吹っ飛ぶ。ヒルダの視界から少年の姿が忽然《こつぜん》と消えたかに見えた。

「……っ!?　旦那さま……っ!?」

いったい何を……とヒルダが目を白黒させる。公爵は温厚な人柄で、子どもが多少の無礼を働いたところで、いつもなら気にも留めないような人物なのだ。

「心配いらん」

愉快そうに返されて、ヒルダは長い睫毛を瞬いた。

ジークが弾き飛ばされた方角から黒い影。

「こ……の、やろ……っ！」

飛びかかってきたのは、黒毛の狼だった。どうやらジークは狼に変化するらしい。

だが、公爵が指先を弾くと、飛びかかる途中でジークも弾かれる。ところが、驚くべき変化は直後に起きた。狼が、今度は鷹《たか》に変化したのだ。

「ほお……おもしろい能力だな」

公爵が感心して呟く。ヒルダは啞然とするばかりだ。

いかに高位の貴族といえども、普通は決まった一種類の獣姿にしか変化できないものなのだ。だというのに……。

上空高くに舞い上がった猛禽《もうきん》が、今度は弾丸のように一直線に公爵に向かってくる。だが、衝突の寸前でまばゆい光に包まれたかと思ったら、小さな雛《ひな》に姿を変えた。

「ぴぴっ！」

ぽんっ！　と弾ける音とともに変化がとけて、ジークは公爵の足元に落ちた。

「……っ！」

四肢を縮こまらせ、苦しげに呻く。

公爵がジークの額に手をかざすと、少年の姿がふいに消えた。館に瞬間移動したのだ。

「介抱してやりなさい」

手当をしてやるといいと言われて、ヒルダは我に返って頷く。

「は、はいっ」

傷に効く薬草を摘んで、羽根兎とテンたちを引き連れ館に戻る。一陣の風が吹き抜けて、公爵の姿も消えた。

ジークの怪我の手当てをして、公爵にお茶を出して、それからディナーの準備をして……急に忙しくなってしまった。

けれど、なんだか妙に楽しい。

長い時間を生きる悪魔は、常に暇を持て余している。そして、楽しいことが大好きだ。それは貴族に限ったことではない。

館に戻ると、客間の寝室に、ジークは寝かされていた。興味津々とベッドによじ登って少年の顔を覗き込む羽根兎たちを諫めると、足元のほうへ移動して身を寄せ合い、まるで毛玉のようになる。ベッドから下りる気はなさそうだ。

「おとなしくしててね」

「きゅい」

煩くしてはいけないことはわかるのだろう、小さく鳴いて応《こた》える。

そこへ、煎じた薬湯の載ったトレーを、テンたちが運んでくる。ヒルダが摘んだ傷に効く薬草も。

まずは薬草を手にとり、軟膏《なんこう》に変える。それを少年の傷に塗ってやり、その上から手をかざして癒しのエネルギーを送る。こうしたほうが、ただエネルギーを与えるだけより、治りが早いのだ。

薬湯は水滴状にして、口に運んでやる。ひと口でも含めば充分だろう。ジークはかなり強力な魔力の持ち主のようだから、回復も通常より早いはず。

「狼と鷹以外にも変化できるのかな？　ヘンな子……」

少年の寝顔を堪能《たんのう》しつつ呟く。

美しい少年は、瞳を閉じていてもやはり美しい。成長後はさぞや……と思わされる。美しさと魔力は比例する。悪魔にとって美貌であることは、強さの象徴なのだ。

悪魔は、蝙蝠《こうもり》やドラゴン、狼や鷲、獅子《しし》など、さまざまな獣に姿を変えるが、それは大概固定されている。色々なものに姿を変えられる悪魔など、ヒルダはこれまでに出会ったことがない。

「こんな力が存在するなんて……」

額に手をかざしてエネルギーを送る。

あまりやりすぎると、今度は自分のほうが消耗してしまうのだが、どうしても少年を放《ほう》っておけなかった。

少年の寝息が落ちついたのを確認して、ようやくホッと息をつく。今のうちにと、公爵のためにお茶の用意をし、ディナーの準備を整えた。

「おもしろい拾いものをしたね、ヒルダ」

ヒルダ特製のブレンドティーに舌鼓を打ちながら、公爵が愉快そうに言う。

温和な公爵だが、それでも悪魔としてナンバーツーまで上り詰めた人物だ、温厚な気質の奥に悪魔らしさを隠している。愉快なことには目がない。

「あの子は普通の悪魔なのでしょうか？」

率直な疑問をぶつけてみる。

「どうだろう。突然変異種かもしれないね」

なんでもありの魔界には、何が起きても不思議はないと言う。それもそうだと、ヒルダも納得せざるをえない。

そんなことより……と、公爵はヒルダに忠言を向けた。

「あまり子ども扱いをすると、拗ねてしまうよ」

注意しなさいと言われて、ジークを坊主よばわりしたのは公爵ではないかと瞳を瞬く。「私はちょっと揶揄《からか》っただけだ」と肩を竦められた。公爵はよくて、ヒルダが子ども扱いをするのはいけないと言うのだろうか？

「……？　でも、子どもです」

どこからどう見ても、生まれていくらも経たない少年悪魔だ。まだ位すら与えられていない。どれほど大粒の宝石を戴いていても、生存競争に負ければそれまでの存在だ。

「そうかな」

「……？」

ヒルダが首を傾げると、「すぐに立派な悪魔に成長するさ」と返される。それはもちろんそうだろうが……と、ヒルダはますます困惑を深めた。

「そのときには、決闘を受けてやらなければな」

「ご冗談を」

いったい何を言い出したのかと、主を見やる。

「坊主はヒルダをもらいたいと言っていた」

「子どもの言うことです。本気になど……」

新しいおもちゃを欲しがるのと同じだと返すと、公爵は「それならそれでかまわんさ」と笑うだけ。

「本気にされていないぞ、坊主」

どうする？　と公爵が言葉を向けたのは、リビングのドア。

「……え？」

ヒルダがドアに目を向けると、そこにはついさっきまで気絶して寝ていたはずのジークが、ドアに背をあずける恰好《かっこう》で腕組みをして立っていた。

「じゃあ、あんたを倒してヒルダをもらう！」

公爵を睨んで言い放つ。

「そんなにヒルダが気に入ったか？」

挑まれる側の公爵はというと、何がそんなに楽しいのかと聞きたくなるような上機嫌だ。その公爵の問いに、ジークは大きく頷いて、こっぱずかしいことを言った。

「こんな綺麗な瞳を見たのははじめてだ。俺のものにする！」

言われたヒルダは真っ赤になって、目を白黒させるばかり。

「一目惚れというやつか……若いな、坊主」

「……へ？」

主の返答にはさらに目を見開いて、言葉もなく唖然とするばかりだ。

坊主と言われて、またもムッとするジークを鼻で笑って、公爵がやれやれ……と嘆息する。

「まずは紳士的な口説き方から教えねばならんか――」

貴族としての礼節も教えねば……と、ウンザリ口調ながら楽しげにつづける。

「旦那さま？」

公爵はいったい何を考えているのか……と訝《いぶか》るヒルダの目の前で、またもジークが吹っ飛んだ。館の壁が抜けて、大きな穴が出現する。

「ジーク……!?」

公爵の魔力で吹き飛ばされたのだ。ヒルダは驚きのあまり言葉もなく、大きな穴と公爵の顔をいったりきたり……。

するとまた、どーんっ！　と館が揺れるほどの衝撃。今度は天井が落ちてきた。ヒルダの頭上で破片が微塵《みじん》と弾ける。

「くそジジイ……っ！」

気づけば拳《こぶし》を握ったジークの姿が公爵の目の前に。

まばゆい光が弾けて、ふたりの魔力がぶつかったことを知る。

「旦那さま……っ！　ジーク……っ!?」

ジークの拳は公爵を捉えきらないまま空で止まり、公爵の魔力に耐えている。

「ほお……こんなわずかな間にも成長しているとは……。だが――」

公爵の緑眼が眇められる。動かしたのは指先ひとつ。

「その程度ではヒルダはやれん」

「……っ！」

バチバチッ！　と衝撃波が弾けて、ジークが床に落ちた。

せっかく薬湯を飲ませてやったのに、これでは元の木阿弥《もくあみ》どころか、さきほどより傷が深い。

「ゆっくり介抱してやりなさい」

公爵はなぜか満足げに言って、ヒルダが淹れたお茶の残りで喉《のど》の渇きを癒す。

「旦那さま？」

主の意図が読めずに困惑するヒルダに、公爵はとんでもないことを言った。

「おまえの花婿候補だ」

目が覚めたら、上級悪魔となるべく教育を施してやるのだと、茶目っ気たっぷりにウインクを寄《よ》こす。

「な、なにをおっしゃって……。私はずっと旦那さまに……っ」

こんな子どもなど……っ、とヒルダが慌てても、公爵は取り合わない。

「私の世話はテンたちがやってくれる。おまえはその子についていてやりなさい」

公爵の指先ひとつで、ジークは一瞬のうちに客間のベッドへ。

「は……い」

公爵の身の回りの世話をするようにテンたちに使役令を出して、ヒルダは急いで客間に向かった。

「せっかく治したのに……っ」

毒づきながらも、なぜか胸が湧《わ》きたつのを感じていた。少年にかまえるのが、どういうわけか楽しくてならないのだ。

ヒルダの献身的な介抱によって目を覚ましたジークは、再度公爵に挑みかかっていくような愚行は犯さなかった。公爵と自分の力量の差を、身を持って理解したらしい。そのかわりに、公爵からさまざまな教えを請うようになった。

公爵もジークをかまうのは楽しいようで、生まれて幾らも経たない少年悪魔に、魔界のありとあらゆる知識を授けていく。

ときに教授内容は人間界の情報にも及んで、ジークは興味を惹かれている様子だった。公爵は人間界好きな変わり者としても、魔界に名を馳せる人物だった。人間はおもしろい……というのが、公爵の口癖だ。

そうした様子を傍らで見ているのが、ヒルダも楽しくてならない。唯一無二の主と慕う公爵に仕えるのはもちろん、ジークの世話を焼くことが日々楽しくてならなかったのだ。

「今の大魔王さまは、天界と争いばっかりしてるから、魔界が落ちつかないんだ」

ジークが生意気を言っても、公爵はやんわりと諫めるだけ。

「めったなことを言うものではない」

リビングのアームチェアに背をあずけ、足を組んでヒルダの淹れたお茶を飲む公爵の傍ら、ジークは指示された本を捲《めく》り、頭に記憶させていく。そのスピードには目を瞠るものがあった。その間も公爵との会話は滞りない。

「公爵だって、そう思ってるんじゃないのか？」

今の魔界の体制を受け入れているわけではないだろう？　などと、いっぱしの議論を戦わせる。ジークとそうした話をするのが、公爵も楽しい様子だった。

「ジークならどうする？」

「俺《おれ》なら――」

言いかけて、公爵に「言葉遣い」と指摘され、「僕なら――」と言い直す。公爵は、ジークに貴族としての礼節も、根気よく教えていたのだ。

だが、ディナーの準備が整ったと呼びに来たヒルダに気づいて、ジークは勉強を放り出し、即座に意識を向けた。

「ヒルダ、今日の夕食は？」

「ジークの好きなシチューですよ」

「やった！」

ヒルダに飛びついて、キスをしようとする。

「ちょ……っ、ダメです！」

ヒルダが拒むと、ぽんっ！　と弾ける音がして、大きな犬に変化した。わふわふとじゃれつかれて、ヒルダは床に倒されてしまう。

「ジーク！」

ベロベロと舐められて、ヒルダは我慢も限界とばかりに獣をひっぺがす。

「しつこいっ！」

黒猫族だって、攻撃性の魔力を持ち合わせていないわけではない。瞬間的に黒猫に変化して、ヒルダは鋭い爪《つめ》を揮《ふる》った。犬の額をバリッ！　と引っ掻《か》く。

「痛ってぇっ！」

ジークが悲鳴を上げる。

ヒルダは人型に戻って、襟元を正す。

「言うことを聞かないからです」

「ヒルダがまともに取り合わないからだろっ」

こんなやりとりも、すでに日課と化して久しい。言い合うふたりを、公爵はほくほくと楽しげに眺めているだけで、仲裁に入ってくれることはない。

「子どものくせに、マセたことばっかり」

ジークは日に日に成長していた。ジークが公爵の館に居つきはじめて幾らも経たないというのに、もはや少年とは言えなくなっている。かといって青年と呼ぶのもまだ躊躇《ためら》われて、ヒルダとしては子ども扱いしたいというのが本音だった。

「すぐに上級悪魔になって、貴族の位をもらうさ！」

貴族になればいいのか？　と迫られて、すでに主持ちの黒猫族に何を言うのかと思いつつも、ヒルダは無理難題を持ち出した。

こう言えば、さすがに諦めるだろうと思ったのだ。

「じゃあ――」

少し言い淀《よど》んだものの、ヒルダは思いきって言葉を吐き出した。実のところ、前から考えていたことだった。

「公爵以上の貴族になれたら、考えてあげてもいいですよ」

冗談口調を繕って、意識的に軽く言う。だが、ジークの反応は予想外に顕著なものだった。

「本当だな！」

犬の変化を解いて人型に戻り、ヒルダの肩を摑んで揺さぶる。

「……え？　え……と」

ヒルダは面食らって、緋眼を瞬く。その中心には真剣な表情の少年悪魔――いや、青年がいた。

「こ、公爵以上ですよ！　それ以下は――」

「約束だ！」

強い口調で確認されて、ヒルダは口ごもる。どう返していいかわからなかったのだ。ジークの眼差《まなざ》しがあまりに真剣すぎて……。

「おもしろい。私が証人になろう」

「旦那さま!?」

公爵の発言に驚いて顔を向ける。

ヒルダの表情をどう受け取ったのか、公爵は誤解しないようにと前置いた。

「より強い主に仕えるのが黒猫族の喜びのはずだ」

ヒルダに不満があるからジークに譲ってもいいと言っているのではない。黒猫族の執事にとってそれがよりよい選択のはずだと言われて、ヒルダは懸命に首を振った。

「私は一生旦那さまに――」

「もちろん、格下の悪魔におまえを譲る気はないよ。もしもできたら……の話だ」

軽い口調で言われて、ヒルダはそうか……と思いなおす。公爵も、どうせ無理だと考えていると思ったのだ。

「わかりました」

いいですよ！　と、こちらも強気に返す。できるものならやってみなさいと突き放したつもりが、ジークを焚《た》きつけたにすぎなかった。

ふいに陰る視界。唇に触れる熱。

驚いて瞠った視界いっぱいに綺麗な顔があった。

「……っ！　なに……っ」

反射的に肩を押しのけようとした手を取られ、引き寄せられて、口づけが深まる。抗《あらが》う術《すべ》もわからないままに、ヒルダは口腔《こうこう》を明け渡してしまった。

「……んんっ」

だが、思考が蕩《とろ》けるまえに、足元をくるくると回る羽根兎たちの鳴き声に意識を引き戻される。

「ジー…クっ」

どうにかこうにか押しのけても、腰を抱く腕は離れない。

「約束の証だ」

ニッコリと、腹立たしいほどに清々《すがすが》しい笑み。

カッと頬に血が上った。

「図々《ずうずう》しい……っ！」

こんな不埒を許した覚えはない！　と怒りを爆発させる。

「待ちなさい……っ！」

ヒルダに叱《しか》られたジークは、ぽんっ！　と変化して、今度はふさふさの尾を持つ黒狐《きつね》姿に。

肩に飛びのったかと思ったら、小さな頭に頬ずりをされ、さらにはちゅっとキス。まったく反省の色がない。

「怒った顔も綺麗だ」

「……っ！　どこでそんなセリフ……っ」

捕まえようとする腕からスルリ……と逃げて行く。

「ジーク……っ」

追いかけて、ようやく捕まえた！　と思ったら、ジークはまたもぽんっ！　と変化して、今度は仔犬の姿になった。次から次へと……！　と、ヒルダは肩を怒らせるものの、仔犬のつぶらな瞳に見上げられて、う……っと詰まった。

「クゥン」

そんな顔で甘えたってダメなんだから……！　と、甘い顔をしてはいけないと思うのに、この時点ですでにヒルダの怒りは削《そ》がれていた。

仔犬がペロペロとヒルダの頬を舐める。どさくさ紛れに唇も。

「ジーク」

諫める声で呼びかけると、ようやく人型に戻る。

仔犬を抱いていたはずが、青年に腰を抱かれている恰好になってしまった。助けたときは確かに下にあった視線が、今は同じ高さにある。

見慣れたジークの顔が妙に大人びて見えて、ヒルダはドキリ……とさせられた。口づけの影響ではないと思いたい。

「強くなるには、修業が必要だ」

公爵がアームチェアに頬杖をついて言う。完全におもしろがっている顔だ。

「修業？」

ジークが何をしたらいいのか？　と問うように眉間に皺を寄せる。そのジークを、自分で考えろと公爵は突き放した。

「私を倒せるようにならなければ、ヒルダはやれんぞ」

そんなふうに言って、ジークを焚きつける。

このときの公爵が何を考えていたのか、のちのちになってヒルダは理解することになるのだけれど、このときは冗談を言っているようにしか聞こえなかった。

ジークが公爵の館を出ていったのは、これからしばらくのちのことだった。

「迎えに来るから待ってて」

こちらは応じた覚えなどないというのに、ジークはいっぱしの男の表情をして、驚き固まるヒルダの唇をのうのうと奪って姿を消した。

「なにを勝手な……っ！」

真っ赤になって怒鳴っても遅かった。

こちらに反論の余地を与えないなんて卑怯《ひきょう》な……！　と地団駄を踏みながらも、本気で怒ってなどいなかった。

ハイドラー公爵への忠誠心に揺らぎはない。一生お仕えしたい主だと思っている。

けれど、それとは違う気持ちで、ジークとの約束を大切に思う自分がいた。

悪魔は永遠の時間を生きている。待つのは退屈ではない。

ジークが公爵の館にいたのも、魔界の時間の流れのなかでは、ほんの一瞬の出来事でしかない。

公爵に揶揄われながらも、約束なんてしていないと繰り返し言いながらも、それでも月を見上げてはジークを思い出さない日はなかった。

このころから、公爵の人間好きは顕著になり、たびたび人間界に下りるようになった。ヒルダには何がおもしろいのかわからないのだけれど、公爵いわく人間観察をしていると飽きないらしい。

人間界の土産を持ち返ることもたびたびあって、多くは書物だった。羊皮紙の表紙の分厚い本には人間界のさまざまなことが綴《つづ》られていた。創作物と思われる物語もあった。

「人間というのは、奇妙な物事を書き綴るのですね」

役にも立たない創作物なんて……とヒルダが首を傾げても、公爵は「そこが人間のおもしろいところだよ」と愉快そうに返すばかり。

人間観察とは、そんなにおもしろいものなのだろうか。上級悪魔にしか人間界に下りることは許されていないし、そもそも下りる能力もないから、ヒルダには理解しがたかった。

「人のように、限りのある命とは、どんなものだろうかと考えるのだよ」

公爵はそんなことを呟いて、ヒルダを驚かせることもあった。それではまるで、人間に憧《あこが》れているように聞こえるではないか。

「旦那さま……？」

魔界に生きる者であっても、下級魔獣などには寿命がある。だが貴族には、永遠の時間が約束されている。大魔王に背いて裁きを受けるなどといったよほどの事態でもない限り、貴族には永遠の命が与えられているのだ。

「ジークがヒルダを迎えにくる日が待ち遠しいよ」

それは決闘で公爵が負ける日がくることを意味する。そんなことはありえない。

「私が忠誠を誓うのは旦那さまだけです」

公爵は魔界のナンバーツーだ。公爵に勝てる者など、大魔王以外にいるはずがない。だから、ジークが勝手に押しつけた約束が成就する日などくるはずがない。ヒルダはそう思っていた。

予想外のかたちでその日が訪れるなんて、考えてもみないことだった。

あんなかたちで主を失う日がくるなんて、思ってもみないことだった。

魔界の理を犯した公爵に、大魔王の審判がくだされたのだ。

「旦那さま……っ！」

塵と消えた公爵は、満足げな微笑みを浮かべていた。

「どうして……どうして人間のためになんて……」

だが、大魔王の裁量は絶対だ。誰にも逆らえない。

誰にも逆らえない――はずだった。公爵への審判に不満があろうとも、異議を口にすることは許されなかった。

公爵が犯したのは、天界の理にも触れるほどの罪だった。それを理由に、大魔王はまた天界との戦をはじめようとしていた。

多くの貴族は、それを望んではいなかった。だが、側近の忠言に耳を貸すような大魔王ではなかった。

現大魔王から玉座を奪うことのできるほどの魔力を持った悪魔が存在するなどと、魔界のいったい誰が想像しただろう。代替わりが行われることなど、この先数千年もありえないと、魔界の誰もが考えていた。

それをなしえたのは、ひとりの青年悪魔だった。

主と執事の関係は、それほど浅いものではない。強い絆《きずな》で結ばれている。主を失ったヒルダには、もはや生きる意味が見つけられなかった。

残されたヒルダもまた、罪を犯した。魔界の理を破り、天界の白に触れた。公爵の遺品のなかに見つけた天界の実を食べたのだ。

だが、望んだ結果は得られなかった。

残ったのは、罪の証のみ。白に染まった肉体。

主を失い、誰にも言えない罪を犯し、消滅することすら許されなかったヒルダは、誰にも何も告げず辺境に引っ込んだ。

公爵消滅の噂を聞きつけて、ジークが訪ねてきたときには、ハイドラー公爵の館はもぬけの殻、すでに廃墟《はいきょ》と化していた。

愛くるしさを振りまいていた羽根兎たちの姿もなく、咲き誇っていた緋色蓮華は枯れ、荘厳な館の面影は見る影もなかったはずだ。

ジークがヒルダの気配を追えたのは、ヒルダの誤算だった。ヒルダのなかでは、ジークは助けた少年のときのまま、時を止めていたのだ。けれど、少年は青年へ、青年は男へと成長を遂げていた。

辺境にひきこもったヒルダは、かろうじて白と黒の狭間を行き来する肉体を維持する術《すべ》を探しだした。

だがそんな姿など、ジークに見せられるわけがない。

ヒルダは古びた庵に閉じこもった。

「ヒルダ！　公爵にいったい何があったんだ!?」

ドアを叩《たた》いてジークが問う。だが、なけなしの魔力でドアをぴったりと閉め、応じなかった。

このときのジークには、ヒルダの結界を破ることなど容易かった。だが彼は、そうしなかった。傷心のヒルダを気遣ったのか、ヒルダの意思で姿を見せてほしいと考えたのか……たぶん両方だったろう。

「主を失くした執事のことなど放っておいて！」

魔界は力が絶対だ。高位の者には、その魔力をもって下位の者を従わせることができる。

だが、悪魔にも倫理はある。力で無理やり従わせるのではなく、主従関係には互いの信頼が重要視される。

仕える者には主を選ぶ自由がある。ただ力だけで支配しようとするのは、下賤《げせん》な輩《やから》——下級以下の悪魔のすることだ。

「約束、覚えてるだろ？」

ドア越しに、ジークが問う。ヒルダは頭を抱えてうずくまった。

「約束なんて……旦那さまはもう、いらっしゃらないのですよっ！」

公爵以上の悪魔になれたら……と言った。そのハイドラー公爵はもういない。人ごときのために魔力を使い果たし、塵となって消えたのだ。

「ヒルダ、顔を見せてくれ」

最後に聞いたのより、ずっとおとなびた低く甘い声が懇願する。両手で耳を塞《ふさ》いだ。

「帰って。二度と来ないで」

自分はもう隠居を決めたと突き放す。

新たな主は持たない。持てないのだという真実は隠して、ハイドラー公爵の喪に服すのだと、ジークが引かざるを得ない理由を言い訳にした。

ジークが無理強いをすることはないとヒルダにはわかっていた。貴族としての在り方をジークに教えたのは公爵だ。

ややして返される、口惜《くや》しげな声。

「……わかった」

ドアの向こうから、ジークの強大な気配が消えた。

ホッとすると同時に、落胆もした。

このドアが外から破られれば……と期待する気持ちが己のなかに存在していたことに気づかされて浅ましさを恥じる。

結局自分は、少年との約束が成就される日を待っていたのだ。強い悪魔に成長したジークが、公爵に決闘を申し込みに来る日を待ち焦がれていた。

けれどもう、自分には約束など口にする資格はない。

二度と、ジークの美しい碧眼を見ることもない。

誰かのためにお茶を淹れることも、ディナーのメニューに頭を悩ませることもない。

辺境の地で、徐々に白に染まっていく身体を持て余しながら、公爵のあとを追える日を待ち望むだけの余生をすごすのだ。

辺境の地に住みついた銀髪の魔女の噂が魔界に広がるのに、さほどの時間は要さなかった。もちろん、魔界の時間の流れのなかでのことだ。

だが、本当に計算外だったのは、このあとだった。

ジークが、ジークフリート・フォン・カイザーという名を賜り爵位を授かったと噂に聞いたのと間をおかず、大魔王の玉座が奪われたという、魔界がひっくりかえるような話が伝わったのだ。

その直前に、魔界の中心で大きな光が弾けて、いったいなにごとかと、またも天界との戦がはじまったのかと、驚いたのも束《つか》の間《ま》、天界との戦以上に魔界を揺るがす情報が伝わったのだ。ヒルダでなくても驚く。

いったい何者が玉座を手に入れ代替わりを成し遂げたというのか。辺境の地では下級悪魔たちが興味津々と噂話に花を咲かせていた。

気にならないわけではないものの、もはや魔界の中枢がどうであろうと、辺境に隠居した身の自分には関係ないと、ヒルダは思っていた。

いつの間にか増えた羽根兎たちと、どこからともなくやってきて居ついたテンや竈を守る火吹きイグアナ、書庫の番をする守宮といった最低限の使役獣たちと、静かに時間をすごしていた。

天界の実を食べたことで、放っておけば白に染まってしまう肉体に魔界の黒を留《とど》めるには、日々薬の調合が必要だった。

悪魔として消滅できるのならともかく、天界の色である白に染まって生きながらえるのは受け入れがたいことだった。

だが己の手では、この身を塵と化すこともできない。悪魔の命は永遠なのだ。かといって、いったい誰に時を断ちきってくれなどと頼めるだろう。

幸いなことに、辺境の地には、魔界の中心部には生えない薬草がたくさん育っていた。ヒルダがこの地に住みついたことで生えるようになった新種の植物も見られた。

そうした薬草を独自の知識で調合して、ヒルダは罪の証でしかない銀の色を己の身にかろうじて定着させることに成功していた。

だが、色は薬で誤魔化《ごまか》せても、姿まではどうにもならなかった。気をゆるめるとすぐに、人型に耳と二股尾のついた中途半端な姿になってしまうのだ。人型と獣の姿を自在に操ることのできる中級以上の悪魔にとって、これほど恥ずかしいことはない。

それでも、誰に会うこともない辺境の地でなら、気にせずいられると開き直ることにした。

そうして世捨て人となったヒルダにとって、魔界の中心で何が起きているかなど、もはやどうでもいいことだったのだ。

その日もヒルダは、煎じて飲むための薬草を摘みに、羽根兎たちを引き連れて庵周辺の散策に出ていた。

気配を感じて耳と尻尾だけはかろうじて消した。次の瞬間には、目の前に黒衣を纏った長身が従者を従えて立っていた。

艶やかな黒髪に宝石のように美しい碧眼、胸に戴く大粒の宝石と黒衣を飾る金銀の装飾。高位にある貴族にしか許されない華やかな装束すら霞《かす》むほどの美貌の主が、間近にヒルダを見下ろす。

ジークだった。初対面のとき、傷だらけだった少年悪魔は、美しく強い悪魔に成長を遂げていた。

ヒルダは言葉もなく、間近に美貌を見上げた。

「約束だ。迎えにきた」

最後に別れたとき、視線の位置はもっと低かった。けれど今は、見上げなければならないほど。

「約……束？」

呆然と、鸚鵡《おうむ》返しに言われた言葉を呟く。

「陛下のお召しだ。城に上がる準備をしなさい」

ジークが従えていたのは、新たな魔界のナンバーツーとナンバースリーだった。

「……ライヒヴァイン公爵？」

左手にはノイエンドルフ侯爵の姿も。

「ジークフリート・フォン・カイザー大公陛下だ」

どういうことなのかと目を白黒させるヒルダに、ライヒヴァイン公爵が端的に状況を説明した。

「大公……？」

つまりは、魔界を統べる大魔王？　ジークが？　と、ヒルダは緋眼を零れ落ちんばかりに見開く。そして間近に見下ろす碧眼を今一度見上げた。

「公爵以上の悪魔になれたら私のものになるという約束だった。私は玉座を手に入れた。約束は果たされたはずだ」

公爵はもう亡い。ならば公爵の上の大魔王の座につけば、約束は果たされたことになる。ジークの理屈は明解だった。

ヒルダとの約束を果たすために、先代大魔王を倒し、玉座についたというのだ。

――では、あの光は……。

ジークの魔力の放出だったというのか？　魔界全体を揺るがすほどの、あの強大なエネルギーが彼のものだと？

自分が拒絶したから？

侯爵はもういないのに約束など……！　と、突っぱねたから？

あんな他愛無い約束のために、玉座を奪ったというのか？

魔界に一時とはいえ騒乱を呼び込んだと？

たしかに先代大魔王は、天界と諍《いさか》いばかりしていて、魔界は常に不安定だった。血の匂《にお》いがそこかしこに立ちこめていた。天界と魔界が相容れないのは明白で、どれほど戦をしたところで何が解決するわけでもない。

亡きハイドラー公は、ヒルダの前でだけ、そんな魔界の在り方に対して批判を口にすることがたびたびあった。

それは、公爵だけの意見ではなかったに違いない。だからこそ、先代統治下から貴族の位にあったライヒヴァイン公爵とノイエンドルフ侯爵が、側近としてジークに……年若い新魔王に従っているのだ。

だが、新たな統治体制が望まれたものだったとしても、そのきっかけが自分にあるとなったら、心穏やかではいられなかった。

何より今のヒルダは、罪を背負った身だ。大魔王に望まれたからといって、頷けるわけがない。

ヒルダの髪が銀色に変わっているのを見て、ジークが眉《まゆ》を顰《ひそ》める。彼が何を思ったのかは容易に想像可能だった。

主を失った悲しみのあまりに、ヒルダの髪が銀に染まったと思ったのだろう。

ある意味間違いではないが、しかし原因は違う。この銀の髪は、忠義の証ではなく、罪の証なのだ。

「ヒルダ、城に行こう。私のために――」

「覚えていません」

努めて冷淡な声をつくって返した。

「……ヒルダ？」

威厳を帯びた表情がわずかに崩れて、ヒルダの知るジークの顔が覗く。それに心揺さぶられながらも、ヒルダは態度を変えなかった。

「約束？　なんのことでしょう？」

仕える者には、主を選ぶ権利がある。その一方で、大魔王の命令は魔界においては絶対とされている。不敬罪に問われる覚悟で、ヒルダは大魔王の申し出を拒絶した。

「主を失くし、隠居した猫又のことなど、どうか放置くださいませ」

「猫又……？」

そんな話は聞いていないと、碧眼が見開かれる。

それは、もうひとつの罪の証だった。

「主を失くしたときに、私の尾は二股に割れました。もう、無理にお勤めする必要もないでしょう」

長い時を生き猫又となった黒猫族は、長老猫として執事の役目を解かれ、隠居が許される。もちろん本人が望めば主に仕えつづけることも可能だし、一族のために勤めてもいい。だが、そのどちらも拒絶して、隠居することも許される。

「どうかお引き取りくださいませ、陛下」

膝をついて、頭を垂れた。臣下としての礼節を見せることで、ヒルダはジークを突き放した。ジークが欲しいのはヒルダの忠義などではないとわかっていながら、玉座に着く者への最大限の敬意を払った。

「ハイドラー公以外に仕える気はないと？」

「失礼ながら」

ヒルダの返答に、ライヒヴァイン公爵が眉根を寄せる。ノイエンドルフ侯爵は、大魔王の反応を観察するような視線を向けた。

「私には、命じることができる」

「恐怖政治を敷きたいのなら、お好きになさいませ」

その言葉に不快な表情をしたのは、ジークではなくライヒヴァイン公爵のほうだった。飄々《ひょうひょう》としたところのあるノイエンドルフ侯爵は呆れたような、どこか愉快そうな表情でヒルダを見ている。

「……わかった」

嘆息とともに、ジークが応じた。だが、ヒルダがホッと胸中で息をついたのも束の間、「今日のところは帰る」と、予想外の言葉が落とされる。

「……？」

ヒルダが顔を上げたのと、ライヒヴァイン公爵が面倒くさそうな表情を向けたのはほぼ同時だった。

ノイエンドルフ候はというと、大魔王の一歩後ろで、ククッと笑いを零している。

「陛下？」

それはいったいどういう意味……？　と問おうとした唇は、上体を屈《かが》め、ヒルダの腕を摑んで引き上げたジークにあっさりと奪われていた。

「……っ!?　やめ……っ」

胸を押し返すと、間近に悪戯な眼差しが見下ろしていた。

「また来るよ。久しぶりにヒルダのシチューが食べたいんだ」

そう言う表情は、はじめて会った少年のころと変わらないように見えた。けれど今の彼は魔界を統べる大魔王なのだ。

「城に戻る」

「御意に」

一陣の旋毛風が吹き抜けて、三人の姿は消えていた。

ヒルダは呆然《ぼうぜん》と、その場に立ち尽くした。ややして、耳と尻尾《しっぽ》が出ていないことを、慌ててたしかめた。

翌日、宣言どおりジークはまたヒルダを訪ねてきた。前日と違ったのは、共を連れずに単身でやってきたことだった。そして、土産を手にしていた。

大魔王としてではなく、ジークフリート・フォン・カイザーというひとりの悪魔としてヒルダを訪ねているのだという、それは彼なりの誠意だと、すぐに気づいたけれど、気づかないふりで連れなく応じた。

「何度来られても、私の返答は変わりません」

「ヒルダが頷いてくれるまで通うよ」

そんな言葉に心が揺れた。けれど、頷けるわけもない。いっそすべてを話してしまおうとか過《よぎ》ったけれど、ジークの顔を見ているうちに、それもできなくなっていた。

言葉では突き放しながら、心はジークを求めている。

もう一度だけ……もう一度会えたら、消えてもいい。そんなことを考えながら、もう一度が二度になり三度になり数えきれなくなって、自分の愚かさに呆れ、半ば諦めた。

約束など覚えていないと言いながら、約束の成就を望みジークの来訪を待ちわびる。

そのたび贈られる品を大切に大切にしまって、ときに眺めて、とうとう、解けるはずのない天界の実の呪《のろ》いを解く方法があるかもしれないなどと、浅ましいことを考えはじめる始末。

「愚かな……」

過去に想《おも》いを馳せながら、ジークから送られた首飾りをそっと撫でて、自嘲《じちょう》とともに呟く。

悪魔にだってできないことはある。

潮時は、きっと近いうちに訪れる。

3

魔界の中心に立つ大魔王の居城は、代々の魔王に引き継がれ、そのたび今上《きんじょう》大魔王の好みに合わせて改築や増築が施された結果、まるで人間界のアトラクションのように迷路化して、すべてを把握している者はいないのではないかとまで言われる。

そういう風通しの悪さがあまり好きではないジークフリートだが、だからといって歴代の痕跡《こんせき》を一掃してしまおうと考えるほど自己顕示欲が強いわけでもない。

そもそも、ヒルダを振り向かせたくて手に入れた玉座なのだ。今になって思えば、ハイドラー公爵にのせられた感が否めないが、そのときはヒルダの哀《かな》しみに憤るばかりで、そこまで思い至らなかった。己の青さが忌々しい。

「あのオッサン、最初からこうなるの読んでたよなぁ、絶対」

玉座に頬杖をついて呟く。

ヒルダを餌に自分を煽りたてて、魔界のためにならない決裁ばかりを下す前大魔王を討つように仕向けたのだ。そのときに、自分が辿《たど》る運命まで見据えていたに違いない。人間が好きな変わり者の公爵は、人に恋をし、人のために天界の理に介入するという大罪を犯した。誰にも庇《かば》うことはできない罪だ。

自分に勝てたら……なんて最初からそんな気はなかったのだ。消滅する自分のかわりにヒルダを庇《ひ》護《ご》できる魔力の持ち主を、己の手で育てたにすぎない。

「陛下？」

書類にサインをする手を止めたジークフリートに、サボっている暇はないと生真面目なライヒヴァイン公爵が苦言を呈してくる。

自分などよりずっと大魔王の座にふさわしいのではないかと思わされる気質の側近に、ジークフリートは彼が期待するものではないとわかりきっている言葉を向けた。

「ねぇクライド」

「はい」

なんでしょう？　とジークフリートの前に書類を差し出しつつ応じる。

「きみのところのチビ猫ちゃんは、何をプレゼントしたら喜ぶ？」

書類の束は二羽の使役雀《すずめ》が摘まんだ恰好で宙空に浮いていて、インク壺《つぼ》と羽根ペンもふよふよと浮いた状態だ。ジークフリートが指先を軽く動かすと、羽根ペンが自動でサインをする。そうして処理した書類を確認して、ようやく納得した顔でクライド・ライヒヴァイン公爵は大魔王の問いに答えてくれた。

「単純なのでドーナツを与えておけばおとなしくしております」

公爵が愛玩《あいがん》する稚児猫のことだ。「あれは一応成人しておりますが……」と前置いたのは、公爵なりのこだわりだろう。

ドーナツというのは人間界の甘い菓子のことで、最近魔界で流行っている。その原因をつくったのはもちろん、公爵が連れ歩く仔猫だ。

当人に言わせれば「執事見習いです」とのことだが、可愛らしい情人に公爵がメロメロになっているのはジークフリートにもわかる。

「ヒースのところは？　レネはプライドが高いだろう？」

公爵の反対側に控えるヒース・ノイエンドルフ侯爵に話を向けると、こちらはニンマリと含みの多そうな笑みを寄こした。

「ああいうのをツンデレというのですよ陛下」

ポイントを押さえれば何も難しいことはないと余裕の表情。この男にロックオンされたレネ・グレーフェンベルク伯爵がどうにも可哀想《かわいそう》に感じられるのはなぜだろうか。

「ツンデレ……」

これも人間界で流行っている言葉なのだという。こういうくだらない情報を持ち帰るのは、ライヒヴァイン公爵の弟悪魔のアルヴィン・ウェンライト伯爵に違いない。

ウェンライト伯爵の人間好きも有名で、ハイドラー公爵の二の舞になっては……と心配した時期もあったのだが、優秀な執事をつけたから今のところその心配はなさそうだ。

「ヒルデガルトもまさしくそのタイプだと思いますが？」

猫科は皆プライド高く、気丈で、なかなか甘い顔を見せないかわりに、いったん気を許した相手には可愛らしく従順になるものだとノイエンドルフ侯爵が言う。妙に説得力のある説明だ。そういえばレネ・グレーフェンベルク伯爵は黒豹だった。

何を手こずっておいでで？　と愉快そうに言われて、ジークフリートは側近中の側近であるふたりにしか見せない表情で口を尖らせた。

「そんな簡単にはいかないだろう？」

ふたりの情人はともに格下悪魔なうえ若いから、いくらでもふたりの思いのままに違いない。けれどこちらは年上で、しかも初対面のときには子どもの姿を見られているのだ。いつまでたっても一人前扱いしてもらえないのも切ないが、かといって臣下として傅かれるのもつらい。

「執務はおしまい。ヒース、チェスをしよう」

連戦連敗のくせして懲りることなくゲームを挑む。暇を持て余すと毎度侯爵を呼び出してはチェスをするのがここのところの日課だ。

「どうせまた私の勝ちだと思いますが？」

年上の側近は、臆することなく言葉を返してくる。だからこのふたりとは一緒にいて心地好い。

「やってみなくてはわからないだろう？」

ノイエンドルフ侯爵がチェス盤を持ち出すと、傍らのライヒヴァイン公爵が眉根を寄せた。

「陛下、まだ仕事が残っております」

力がすべての魔界を統べるのに、なぜこれほどの雑務が必要なのか、ジークフリートにはまったく理解ができない。とんでもない面倒を押しつけてくれたものだと、人間界で言えば父親代わりのようなハイドラー公爵を恨みたくもなる。

「クライドがやっておいてよ」

面倒くさげに返すと、「そういうわけにはまいりません」と睨まれた。

「クライドのほうが絶対に大魔王に向いてるのに」

威厳といい、博識な頭脳といい、もちろん魔力の面でも、これ以上の適任はいないと思うのだけれど……。その補佐を侯爵がすれば完璧だ。

「ご冗談を」

そういう冗談を言えることこそが、絶対的な力の証だと、ライヒヴァイン公爵が額を押さえて長嘆する。ノイエンドルフ侯爵は愉快そうに微苦笑するのみだ。

「ご自分の力をもっとご自覚いただかなければ困ります」

側近の忠言を、ジークフリートは聞き流そうとする。――が、許されない。

「力だけならアルヴィンだって――」

「コントロールの利かない魔力になんの意味がありますか」

ぴしゃり！　と返された。

ライヒヴァイン公爵の弟悪魔のウェンライト伯爵は、実は強大な魔力の持ち主なのだが、それを上手くコントロールできず、実態は巨大なドラゴンのくせして、普段は小さな蝙蝠にしか変化できないという特異体質だ。

暴走されても困るので、ジークフリートが暗示をかけて普段は魔力を押さえている。その上でウェンライト伯爵がベタ惚《ぼ》れしている執事に監視役を言い渡してある。

その手のかかる弟悪魔を、仏頂面の下でライヒヴァイン公爵が可愛がっているのは事実なのだが、もしかすると自分も、公爵のなかではウェンライト伯爵と同じ扱いなのかもしれない。

「理性的に強大な魔力を揮えるからこそ、あなたは大魔王なのです」

「だから、それならクライドのほうが……」

「私はその器ではありません」

ナンバーツーが気楽でいいのだと、その端整な顔が言っている。とはいえ、ジークフリートがさぼる煽りを一身に受けているのは公爵なのだけれど。

「性格の悪いやつは、参謀のほうが似合いなのですよ」

陛下にはカリスマでいていただかなくては困るのです、とノイエンドルフ侯爵が笑う。

「貴様が言うか」

ライヒヴァイン公爵が、実に嫌そうに吐き捨てた。

「替わってやってもいいけど、どうせおまえは執務が気になって自分の目で確認しようとするだろう？」

ライヒヴァイン公爵に面倒を押しつけて、自分はチェスやお茶の相手などをして適当に時間を潰《つぶ》していたりする。ノイエンドルフ侯爵のほうが世渡りの上手さでは上だ。

「適材適所というやつさ」

「口だけは達者なやつだ」

侯爵の軽口に、公爵がウンザリと返す。だが、ノイエンドルフ侯はまるで意に介さない。「褒め言葉として受け取っておこう」などと茶化して、ますますライヒヴァイン公の不興を買う。

このふたりはいつもこうだ。ジークフリートは「はいはい」とぞんざいに仲裁に入った。

「じゃあ、ちょっと休憩」

ふたりの意識が自分から外れたタイミングを見計らって、ジークフリートはとんずらを計る。

「陛下……!?」

一陣の風とともに一瞬にして玉座から姿を消した大魔王の気配がどこへ向かったのかを察して、ライヒヴァイン公は「逃げたな……」と毒づいた。

その傍らで、ノイエンドルフ候が「懲りない方だ」と肩を竦める。

「懲りないというか、一途というか」

初恋の相手を振り向かせたいがために玉座を手に入れるなど、ほかの誰かがやったなら誰も従いはしないし、そもそも成し遂げることも不可能だろうとノイエンドルフ候が呆れた口調で呟く。

「あの方だから許される」

でなければ、とうに魔界は内紛に見舞われているとライヒヴァイン公爵が長嘆する。それは公爵の私見などではなく、彼らを筆頭とする側近たちの共通見解だ。


ヒルダの気配を追って跳躍したら、庵のリビングに立っていた。

辺りを見渡すと、暖炉のまえに置かれたアームチェアのクッションの上で、銀色の猫が丸くなって眠っていた。プラチナの毛並みも美しく、巻いた二股の尾と、額には三日月の印。だが体毛が黒から銀に変わったことで、優秀な黒猫族の証である三日月は、銀毛に埋もれてしまっている。

ヒルダに気づかれることなく庵を訪れるのは、実のところ容易いことだ。だが、ヒルダを怒らせたくなくて、いつもはちゃんとわかるように訪問している。礼儀も知らないのかと子ども扱いされるのが目に見えているからだ。

今日は、ちょっと驚かせたい気持ちになって、ふいをついたつもりだったのだけれど、眠っているのは予想外だった。けれど、これ以上の眼福はない。暖炉の炎に照らされて眠る銀色猫は、筆舌に尽くしがたい愛らしさだ。

起こしてしまうかな……と思いつつも、欲望に勝てず手を伸ばす。そっと抱き上げると、小さな獣の温《ぬく》もりが伝わった。

二股に割れた長い尾が、甘えるようにジークフリートの腕に巻きつく。しなやかな躯《からだ》を撫でると、銀毛はまるでシルクの手触りだった。

「ヒルダ」

小さな頭に頬ずりをして、甘く名を読んでみる。

長いヒゲがひくひく、耳がぴくり……として、ピンク色の口から「にゃ……」と小さな鳴き声。

ジークフリートが耳と耳の間にキスを落とすと、閉じられていた緋眼がゆっくりと開かれて、猫目が数度瞬いた。そして、驚きに見開かれる。

「……っ!?　ジーク!?」

腕に巻きついていた尾がさらにきつく巻きついて、力の抜けていた躯が緊張する。反射的に腕から飛び出そうする躯を制して腕に抱きなおすと、黒衣に爪が食い込んだ。

「気持ち好さそうに寝ていたから、つい……ね」

「つい、って……」

撫で心地を堪能しながら返すと、ヒルダが眉間に皺を寄せた。

「は、放してください」

「いやだ」

「陛下！」

我《わ》が儘《まま》言わないで！　と小さな牙《きば》を剝《む》く。そんな表情も愛らしい。

「さっきはジークって呼んでくれたのに」

喉を撫でながら文句を言うと、猫の習性でゴロゴロと喉を鳴らしながらも、焦った様子で逃げをうった。

「そ、それは……っ」

前肢《あし》をぐーんと伸ばして、ジークフリートとの間に距離を取ろうとする。

そんなに嫌がらなくても……と口では言いながら、ジークフリートは確信していた。

ヒルダは自分を嫌ってはいない。それどころか、心を寄せてくれている。

なのになぜこれほど拒むのか。それが理解できなくて、もう長い時間、ふたりの関係は同じ場所で足踏み状態だ。

「じゃあ、今ここで人型に戻ってよ」

絶対に嫌がるとわかっている提案をしてみる。この場で変化を解けば、ヒルダはジークの腕に抱かれた恰好になる。それをヒルダが許すはずがない。

「な……っ⁉」

案の定、ヒルダは真っ赤になって絶句した。そこで妥協してくれてもいいのに、そんなに甘い想い人ではなかった。

「ご無礼を」

バリッ！　と爪が閃《ひらめ》いて、容赦なく顔面に衝撃。

「……っ！」

ジークフリートの顔面に一撃を食らわして、ヒルダは跳躍し、着地と同時に人型に変化を解いた。

「ひどいなぁ」

手加減くらいしてくれてもいいのに……と、血の滲《にじ》む爪痕《つめあと》をなぞる。傷など簡単に治せるけれど、ヒルダに癒してほしいからそれはしない。

「嫌だと言うのに、お聞き入れくださらないからですっ」

肩を怒らせながらも、ヒルダはジークフリートの傷の手当てをはじめる。テンに薬草を摘みに行かせ、それを白い手のなかで軟膏にして、白い指先で塗ってくれる。それから癒しのエネルギー。

助けられた少年の日、この温かいエネルギーに包まれた瞬間、自分は恋に堕《お》ちていたのだ。

「痛みますか？」

黙ってしまったジークフリートを訝って、ヒルダが心配気に顔を覗き込んでくる。

「痛い、って言ったら、甘やかしてくれる？」

スルリ……と細腰に手をまわすと、その手をぴしゃり！　と叩かれた。

「薬湯を煎じてきますから」

座って待っているようにと、腕をすり抜けて行こうとする。それを引き止めて腕に囲い込む。その手を、今度はやんわりと払われた。

「お戯れもほどほどに」

痩身を追いかけ、ドアのところで捕まえる。白い耳たぶに、持参したものを飾った。

「このまえの首飾りとおそろいの耳飾りだよ」

ヒルダのために、職人に特注した装飾品だ。

「趣味ではないと申し上げたはずですが？」

いかにも嫌そうに、嘆息して見せる。

「似合ってる」

ヒルダの緋色の瞳には、血赤珊瑚がよく似合う。ヒルダ自身がなんと言おうとも、ヒルダに似合うものをつくらせているのだから間違いない。

「耳が重いです」

いつものつれない返答。そして、すぐに耳飾りを外してしまう。それでも、捨てはしない。テーブルに、そっと置く。

「お持ち帰りください」

これも毎度のセリフだ。だが、言われたとおりにしたことはない。

「もっと似合う方がいらっしゃるはずです」

城に出入りする綺麗どころにやればいいと言う。

「ほかの誰にも似合わないよ。ヒルダのためにつくらせたんだから」

「無駄遣いはおやめになられたほうがよろしいのでは？」

下々の反感を買いかねないと忠言を寄こす。ヒルダが口にするこうした気遣いは、いつも心からのものだ。自分をかまうことでジークフリートの大魔王としての立場に障りがあってはいけないと考えているのだ。

そこまで気にかけてくれるのなら、もうそろそろ意地を張るのをやめてくれたらいいのに。ハイドラー公爵の喪も、とうに明けている。

ヒルダと亡きハイドラー公爵の絆を思うと、ジークフリートは嫉妬《しっと》を禁じ得ない。公爵がどういうつもりであれ、ヒルダは主以上の存在として公爵を見ていたのではないかと考えてしまうのだ。でなければ、ずっと拒絶されつづける理由がわからない。

本心からの拒絶なら、それがわからないほどジークフリートも鈍くはない。ヒルダの態度が言葉とは裏腹なものだとわかるから、こうして通いつめるのだ。

「ヒルダ、ハイドラー公爵のことは――」

忘れる必要はないけれど、そろそろ乗り越えるべきなのではないか。暗にそんな言葉を口にしようとした自分を、直後に恥じた。

「お帰りください」

過去に聞いた記憶がないほどに冷たい声で返された。

「ヒルダ……」

憤りを宿した緋眼に見据えられて、さすがのジークフリートも言葉を失った。

「私の主はディートハルト・ハイドラー公爵ただおひとり。たとえ何百年、何千年経とうとも、それはかわりません」

ただ意地を張っているわけではない。ヒルダが頑《かたく》ななのには、何か別の理由がある。

「お引き取りください」

もはや薬蕩を煎じてくれる様子はなく、ヒルダは完全に背を向けてしまった。抱きしめようと伸ばす手を、無言のうちに拒絶している。

「ごめん。帰るよ」

執務を押しつけられたライヒヴァイン公爵の堪忍袋の緒も、そういつまでも持つまい。館で彼の帰りを待っているだろう、ドーナツという人間界の菓子が好物だという仔猫に寂しい思いをさせるのは決してジークフリートの本意ではない。

理由が不純とはいえ、望んで得た玉座だ。適当にしていいとは思わないし、魔界の平穏を揺るがすような輩においそれとくれてやる気もない。

「またくる」

いつもの言葉を残して、ジークフリートは跳躍した。

城では、書類に羽根ペンを走らせていたライヒヴァイン公爵ひとりが出迎えた。

「お早いお戻りで」

また袖にされたのですか？　と苦笑気味に言う。

「叱られた」

玉座にドカリと腰を落として、頬杖をつく。

「それはそれは」

魔界の支配者に対してなんとも豪胆な……と苦笑するライヒヴァイン公爵の声にはなんとも愉快気な色。

「愉しんでいるな」

公爵も侯爵も。

「悪魔は常に退屈を持て余しているものですから」

もっともな言葉を返されて、ジークフリートも口許に苦い笑みを刻んだ。大魔王すら日々の退屈しのぎの材料にしてしまおうというのだから、悪魔は本当に貪欲《どんよく》だ。

そんな、二つ腹のない側近に、ジークフリートは相談を持ちかける。

「装飾品以外に、何か良い贈り物はないだろうか」

肝心なのは贈り物の内容ではないだろうと、口にしないまでも、そう言いたげにライヒヴァイン公爵の目が細められる。それはわかっているのだけれど、ひとまずヒルダに会いに行く理由がなくては訪ねて行けない。

「贈り物……でございますか」

そのようなことに頭を悩ませずとも人に困ったことのない美貌の側近は、困った顔で眉間に皺を刻んで押し黙ってしまった。こういうことはノイエンドルフ候のほうが得意なようだ。

「きみの仔猫ちゃんが大好きなドーナツとかいう菓子は、どこで手に入れるのだ？　たしかアルヴィンも、バウムクーヘンとかいう人間界の菓子が好物だったな」

最近魔界で流行りの菓子ならどうだろうかと持ちかける。

「ドーナツはご用意できますが……バウムクーヘンはアルヴィンの執事のイヴリンに用意させるのがいいでしょう」

主のために魔界の素材で人間界の菓子を真似たバウムクーヘンをつくっているという献身的な執事には、ウェンライト伯爵の魔力のコントロールという密かな任務を言い渡したときに、一度顔を見ている。

「頼まれてくれるか？」

「かしこまりました」

ウェンライト伯爵に命じておきます、とライヒヴァイン公爵が頷く。

「ああ、そうだ。一度クライドのところの仔猫ちゃんに会ってみたいな。ノエルって言ったっけ？」

「粗相をするといけませんのでご容赦を」

可愛がっている愛玩仔猫の名前を出しても、ライヒヴァイン公爵は表情を動かなさい。鉄壁のポーカーフェイスを崩す手腕は、件《くだん》の仔猫ちゃん以外には、ノイエンドルフ候にしかないらしい。

「そんなことを言って、ヒースのところの宴《うたげ》には連れ出してるんだろう？」

「宴と玉座とを一緒にされては困ります」

大魔王さまのお召しだなどと言ったら、緊張のあまり何をしでかすかわかったものではありませんと、ようやく少しだけ眉をひそめた。

「別に何をしても怒らないけど……」

もったいぶるなぁ……と、含みを込めた笑みを向ける。これまでに何度か話を向けて、そのたびにはぐらかされているのだ。粗相が問題なのではない。あまり見せびらかしたくないのだとジークフリートは側近の反応を理解している。

「そちらの書類は、急ぎではありませんが、サインをお願いします」

黒雀に運ばせた書類の束にサインをしておくようにと言い置いて、「失礼します」とライヒヴァインン公爵は一陣の風とともに姿を消した。

側近たちが下がると、玉座はとたんに寂しい空間になる。

こんな場所で前大魔王は、日々何を考えていたのだろうかと、最近になって思うようになった。

だから、戦ばかりしていたのだろうか。銀の森を散策したり、水晶の小川で魔界魚を釣ったりするほうが、何倍も楽しいというのに。

それ以上の楽しみと言えば、あとはもうヒルダの淹れてくれるお茶と、手作りのお菓子に舌鼓を打つ瞬間以外にない。

人間界の珍しい菓子程度であのヒルダが心を動かしてくれるとは思わないけれど、何かきっかけがほしかった。

怒りでも哀しみでもなんでもいい。ヒルダの本当の心を知りたいのだ。

4

日に日に、身体が天界の白に引っ張られるのを感じる。

薬草を使って維持している銀色も、その時間が短くなってきているのだ。このまま白に染まってしまうのだろうか。そうしたらもう、魔界にはいられない。

ヒルダが口にした天界の実を、ハイドラー公爵がどうやって手に入れたのか、なぜ保管していたのかはわからない。

いつか人間のために使おうと思ったのかもしれないし、ただの研究目的だったのかもしれない。ヒルダがクリスタルケースに納められた天界の実を見つけたのは本当に偶然で、ハイドラー公爵が消滅した直後、主の居室で哀しみに暮れていたときのことだった。

ハイドラー公爵の魔力が消滅した影響で館が朽ちてしまうまえに、何か遺品を……と思ったのだ。そうでもなければ、棚を漁《あさ》ったりはしない。

そこで、白い光を放つ実を見つけた。天界のものだとすぐにわかった。クリスタルは、その影響を留めるための箱だった。

魔界の者が天界のものを口にしたらどうなるか、結果はひとつだ。これで主のあとを追えると思い、深く考えないままに、衝動的に口にした。

その愚かな行為の代償が、銀色の髪と二股に割れた尾だ。そして、放っておけば徐々に白に染まっていく身体。

消滅することも許されず、天界の白に染まる屈辱。それこそが、禁忌を犯した者への罰なのだと気づかされた。

気づくと、耳と尻尾つきの中途半端な姿になってしまうのも、その影響だ。悪魔としての辱めを与えられているのだ。

銀色を保つために日々試行錯誤を重ねながら薬湯を煎じているうちに、魔女なんて評判も広がってしまった。貴族の紹介を受けて、薬湯の調合の依頼がしばしば舞い込む。

すべては自分のためにはじめた研究だったが、罪を背負った身でも魔界の役に立てるのなら……しいてはジークの役に立てるのならそれでいいと思い、依頼を受けている。

新たに発見した薬草の薬効を確認する作業をしていたときだった。

薬湯の調合依頼のために伝書烏《からす》がやってくる以外には訪ねる者のない庵の呼び鈴が鳴らされて、唯一の例外であるジークが呼び鈴など鳴らすわけもないだろうし……と来訪者の存在を訝る。

だが、危険な気配はない。それどころか、緊張を感じる。

いったい誰だろうかと玄関扉を開けると、そこには頭に四角い箱をのせたテン数匹を従えた、まだ若い執事が立っていた。肩に小さな蝙蝠をのせている。

「ヒルデガルトさまでいらっしゃいますね。黒猫族の執事でイヴリンと申します」

同族の目上の者に対して、礼儀を尽くして自己紹介をする。

アパタイトブルーの瞳が清楚《せいそ》な美しさを際立たせている。黒猫族の若手のなかで一番優秀だといわれる執事だ。

「ウェンライト伯爵の執事のイヴリンですね。このような辺境の地まで、どうなさいました？」

まさか伯爵がご病気とか？　と気遣う視線を向けると、「いえ」と首を振る。

「今日は、こちらをお届けに参りました」

イヴリンが指示すると、背後にいたテンたちが進み出て、長い身体を伸びあがるような恰好で、頭にのせていた四角い箱をヒルダに差し出した。

「大魔王さまからのご依頼の品でございます」

どうぞお納めくださいと、また腰を折る。

「陛下から？」

いや～な予感がして、ヒルダは鼻を利かせた。甘い匂いがする。

「バウムクーヘンという人間界の菓子を、私が真似して魔界の食材でつくったものです」

お収めください……と恭しく捧《ささ》げられて、ヒルダは戸惑った。

そして理解する。自分から送ってもちっともヒルダが受け取らないから、第三者を巻き込んだのだ。

そして、矛盾した想いに捉われる。

当人が届けに来るならまだしも……！　と思ってしまったのだ。何を贈られてもつき返すくせして、本人がこなければ、それはそれで不服だなんて……。

「大変申し訳ないのですが、これは受け取れません」

イヴリンの碧眼が瞬《まばた》く。そして、唇が引き結ばれた。

「何か失礼がございましたでしょうか？」

「いいえ。巻き込んでしまってごめんなさい。あなたにもウェンライト伯爵にも、ご迷惑のかからないように、私から陛下にお願いしておきますので、どうかこれは持って帰ってください」

「ですが……」

困ったイヴリンが、肩にのる小さな蝙蝠をチラリと見やる。彼よりも蝙蝠のほうが、焦っているように見えた。

すると、ぽんっ！　と弾ける音がして、その蝙蝠が青年悪魔に姿を変える。胸に戴く宝石を見て、貴族であることが知れた。

小さな蝙蝠に変化する貴族なんて……と考えて思い至る。ヒルダは膝を折った。

「ウェンライト伯爵でいらっしゃいましたか。大変失礼を――」

「い、いいえ、僕のほうこそ……その、これ受け取ってもらえませんか？　でないととっても困るんです」

「……はい？」

「僕が兄上に叱られるんです。兄上経由でいただいたお話だったので……」

ウェンライト伯爵の兄悪魔といえば、大魔王の側近筆頭のライヒヴァイン公爵だ。なるほどそういうことかとヒルダは今一度納得した。

「ライヒヴァイン公爵にも、私からお咎《とが》めなきようにとお願いしておきます。どうかお引き取りください」

これまでずっとジークからの贈り物を拒みつづけてきたのに、いまさら受け取れるわけがない。

すると今度は、能面梟《フクロウ》が飛んできて、こちらもぽんっ！　と変化を解いた。今度は壮年の執事がドームカバーのかけられた皿を手に立っている。

「失礼いたします。わたくし、ノイエンドルフ侯爵にお仕えしております、執事のギーレンと申します。主のいいつけにより、こちらをお届けに上がりました」

ギーレンがドームカバー開けると、そこには車輪のような形で粉砂糖をまとった、ふかふかと甘い匂いを放つ菓子が……最近魔界で流行っている、人間界のドーナツとかいう菓子だ。ライヒヴァイン公爵の稚児猫の好物だと聞いている。なるほど、こちらも公爵が裏で糸を引いているらしい。

梟木菟《ミミズク》族の一派である能面梟も、執事として貴族に仕える者の多い一族だ。感情がまったく面に出ない能面梟らしく、表情筋が固まってしまったかのような執事は、恭しく腰を折った。

「陛下から、ですね」

「さようでございます」

「でしたら受け取れません。ノイエンドルフ侯爵には、我が儘をお許しくださいとお伝えいただけますように」

こちらも礼を尽くして腰を折る。壮年の執事は、「それは困りましたな」と、まったく困っていない顔で呟いた。

「陛下には、私のほうからご忠言申し上げておきます。どうぞお引き取りを」

それだけ言って、扉を閉める。

「ヒルダさん……!?」

そんなぁ～と、最後にヒルダを呼びとめようとしたのは、ウェンライト伯爵だった。まったく貴族らしくない貴族だと噂に聞いていたが、なるほど……と納得させられる。

菓子にも、届けに来た彼らにも、何も罪はない。いけないのは、第三者を巻き込んだジークだ。次に姿を現したら、苦〜い薬蕩を煎じて飲ませてやらなくては。

「……もうっ」

装飾品の次は食べ物ときたか。本当にしょうのない……と胸中でブツブツ言いながらも、口許がほころんでいることに気づく。こんな顔、誰にも見せられない。

こんな強情な隠居猫など早く愛想を尽かしてくれればいいのに……と思う反面、いっそのこと力づくで奪ってくれればいいのに……と考える自分もいて、そのたびいけないと思いなおす。そんなことを考える自分を恥じて、身体が熱くてたまらなくなる。

部屋に、甘い菓子の匂いが残っていることに気づく。玄関先で帰ってもらったはずなのに。

強烈な甘い香りが、ジークの想いの強さに通じるような気がして、落ちつかない。人間界の砂糖という白い粉には麻薬のような効果があるのだと、ハイドラー公爵の蔵書に書かれているのを読んだ記憶が蘇《よみがえ》った。

大魔王の居城の一室に集った面々は、渋面をつくるライヒヴァイン公爵をまえに、一様に困った顔になっていた。

「陛下は……？」

尋ねたのはギーレン。

「撃沈しておられる」

ライヒヴァイン公爵が長嘆する。

「ご、ごめんなさい、兄上」

とりあえず謝っておこうという気が見え見えのウェンライト伯爵は、兄悪魔の一瞥《いちべつ》で言葉を呑《の》み込んだ。

「睨まないでよぉ」

しゅうんっと肩を落とす主に、できた執事が呆れた視線を注いだ。

「私がいたらないばかりに、ヒルデガルトさまにご満足いただけず、申し訳ございません」

イヴリンが深々と頭を下げる。

「まぁまぁ、そう深刻にならなくても」

場の空気にそぐわない軽い口調で言うのはノイエンドルフ侯爵。

「陛下とヒルデガルトの攻防は今にはじまったことじゃないんだ。陛下だって、今さら突っぱねられた程度のことで、いつまでも落ち込んではおられまい」

ノイエンドルフ侯の指摘に、ライヒヴァイン公が「それはそうだが……」と唸《うな》る。

「また執務が滞る」

ただでさえサボりがちだというのに。

「おまえが代わりにやればいい」

「そういう問題ではない」

悪魔には永遠の時間があるのだから、致命的な問題が生じるわけではないが、決裁の遅れは秩序の乱れを招きかねない。

「まったく、ヒルデガルトも、いいかげん素直になればいいものを」

「年上の拘《こだわ》り、ってやつだろ」

「わからん。陛下の何が不服なのだ」

「そういう問題じゃないのさ」

先に自分が言ったのと同じセリフで返されて、ライヒヴァイン公は不愉快そうに眉根を寄せる。ノイエンドルフ侯は愉快そうに口角を上げた。

ジークフリートが自室の窓辺に置いたチェアに腰を下ろして月を見上げていたら、足元をもふもふとした毛皮が擽《くすぐ》った。見れば、二匹の羽根兎がじゃれついている。

「やあ、どこから入り込んだんだい？」

「きゅいきゅい」

長い耳をふわふわさせて、羽根兎がかまえというように足にすり寄っている。膝に抱き上げてやると、嬉しそうにジークフリートの手に鼻先を擦《こす》りつけてきた。

ひたすら可愛い以外になんの役にも立たないと言われる羽根兎だが、そのぶん癒し効果は確実だ。そして、甘えてほしいツボを心得ている。

「怖いもの知らずだな。これでも俺は大魔王なんだぞ」

「きゅい」

それがどうかしたの？　と問うように、羽根兎が首を傾げる。愛くるしい仕種《しぐさ》に頬がゆるんだ。

そのとき、ほんの一瞬ではあったが、感じるはずのない気配を察知した。

「天界の者の気配？　まさか……」

二匹の羽根兎を腕に抱き、腰を上げる。窓越しに、魔界の景色に視線を投げる。いつもとかわらない藍色の空と赤い月、とんがった山並み……特別変わったところはない。

「消えた？」

大魔王である自分に、この魔界で追えない気配はない。だが、さきほど感じた気配はすでに消えている。

勘違いか？　まさか自分が？

だが、自分はこの魔界の創造者でもなんでもないのだから、完璧ではありえない。

「何かの予兆か？」

ここのところ、天界との間に問題は起きていない。互いに干渉し合う必要もない状況にある。それでも天界と魔界は絶対に相容《い》れない存在だ。だというのに、どちらか一方だけでは存在しえない危ういバランスの上に世界は成り立っている。

「少し注意したほうがよさそうだな……」

腕に抱いた羽根兎たちが、どこか心配気に鼻先を寄せてくる。

「大丈夫だよ。何があっても俺が守ってやる」

小さな命はもちろん、魔界のすべてを。ハイドラー公爵が特異と称したこの力は、きっとそのためにあるのだから。

そうしてジークフリートは、側近二人を呼び寄せ、注意と情報収集を命じた。

ライヒヴァイン公もノイエンドルフ候も、怪訝《けげん》そうな顔をしたものの、「御意に」と頷く。このふたりは、自分が前大魔王を斃《たお》す瞬間を見ていた数少ない貴族だ。ジークフリートの魔力の実態を知っている。疑う余地はないと判断した上でのことだろう。

「アルヴィンの様子も気にかけてくれ」

ウェンライト伯爵の魔力が暴走しないように注意を促す。

「あれはある意味センサーだ。魔界の気が乱れれば、引きずられる危険性がある」

ジークフリートの説に、ライヒヴァイン公も頷いた。

「イヴリンに申しつけておきましょう」

そう返す声音が妙に満足げで、ジークフリートは「なんだ?」と問う。ライヒヴァイン公は「たいしたことではございません」と言いながらも、口角を上げた。

「今、この魔界を統べられるのは、やはり陛下以外にはおられまい、と思っただけです」

「嬉しいのか面倒くさいのか、微妙なところだなぁ」

一応は誉め言葉として受け取っておこうと、腕に抱いた羽根兎を撫でながら、ジークフリートは微苦笑を零す。銀猫ヒルダの艶やかな毛並みの撫で心地が思い起こされた。


ジークフリートが、羽根兎を膝に月を見上げていた、ちょうどそのころ。

辺境の地にあるヒルダの庵では、密かな異変が起きていた。

いつものように、羽根兎たちを引き連れ、前庭に薬草を摘みに出ていたヒルダは、奇妙な気配を察して首を巡らせた。

「なに、これ……？」

羽根兎たちも、何かを察したのか、怯《おび》えたようにヒルダの足元に集まってくる。

「……っ！　何者……っ⁉」

何もなかった空間がふいに歪《ゆが》んで、その中心が割れはじめる。隙間から光が漏れるのを見て、ヒルダは銀猫に変化した。そして、前肢をひとふり。閃光《せんこう》とともに一撃が空間の歪みを襲って、それが徐々に小さくなって、消えた。

「今のは……」

天界に通じる門？

しかも正規のものではない。でなければ、こんな辺境の地に出現するはずがない。正規のものなら、ヒルダの魔力程度では、太刀打ちできないはずだ。

変化を解き、ヒルダは簡素な黒衣の胸元をぎゅっと握りしめる。

「天界の実……？」

あの実の影響を残したこの身が、天界の者を呼び寄せたのか？　けれど、今さらどうして？

「結界を……」

魔力を増幅させる薬草とクリスタルを使って、庵の周辺に強い結界を張らなくては。天界の者を呼び寄せるわけにはいかない。魔界の秩序を乱すことになる。それは結果として、ジークの不利に働く。

ジークの玉座を危うくさせることはできない。

ましてやそれが自分に起因するなんて、絶対に許されない。

「手伝ってくれる？」

「きゅいっ」

足元の羽根兎たちに声をかける。

「クリスタルを集めてきて」

「きゅいきゅいっ」

いいよ！　と応じるようにひと鳴きして、羽根兎たちが仲間を集めつつ四方八方へ散っていく。いくらも経たないうちに、庵の周囲にクリスタルが積み上がるだろう。

天界の門がわずかであっても開きかけた影響だろうか。髪の銀色が薄くなっていることに気づく。

「薬湯を飲まなくちゃ……」

こんなタイミングでジークが訪ねてきたりしたら大変だ。ついつい出しっぱなしになってしまう耳と尻尾も引っ込めないと。

「なんて、みっともない……」

頭に手をやり、耳が出ているのを確認して、ため息をつく。二股に割れた長い尾がへなり……と落ちる。でも、落ち込んでいる場合ではない。

魔界の黒を保つための薬草と、結界を強めるための薬草を摘んで、急ぎ庵に戻った。まずは結界を強化して、それから自身の薬湯だ。急がなければ。

ライヒヴァイン公爵の仕事の速さは定評だが、悪い報告は極力聞きたくないものだ。

「アルヴィンが？」

「様子がおかしいとイヴリンが申しております」

我を失って暴走するほどではないものの、魔力が強まっているのを感じるらしい。どうやって感じ取ったかは、聞くまでもない。ふたりはベッドを共にする仲だ。

やはりそうか……と、ジークフリートは危惧《きぐ》を強くする。

「何かが起きようとしているのか……？」

まるで何もわからないといった顔で、腕に抱いた羽根兎がきょとり……とジークフリートを見上げる。大魔王の居室に通うのが日課になっている、なかなか豪胆な二匹だ。

「陛下……？」

いったい何を感じとっているのかと、ライヒヴァイン公が眉根を寄せる。

「天界が戦の準備をしているとでも？」

「いや、そこまでの不穏な気配ではないのだが……備えるに越したことはない」

あまり側近たちを不安にさせたくはないが、ジークフリートには感じ取れてしまうのだからしかたない。

「ひとまずアルヴィンを落ちつかせよう。あいつが暴れている隙を天界に突かれては意味がない」

「ヒルデガルトに調薬を依頼してはいかがでしょう？」

イヴリンが日々の食事で魔力の抑制を図るのでは、間に合わないのではないかと提案を寄こす。

「そうだな……私が行こう」

正式な依頼書を用意するように言うと、ライヒヴァイン公爵はいったん退がった。

「おまえたちも、何かあったときには、すぐに逃げるんだぞ」

「きゅい」

頭を撫でると、二匹の羽根兎は同じ仕種で頷いた。まったく可愛らしくて罪深い。己を守る術を持たない小型魔獣たちを守るのも、上に立つ者に課せられた使命だ。

薬湯を煎じている間にも、わずかずつではあるが黒色が抜けていくのを感じる。

ヒルダは、一度は消えることを望んだ我が身を魔界に繋ぎとめようと必死になる自分自身に自嘲を覚えながら、摘んだ薬草を丁寧に煎じた。

ジークのために入れる薬草茶は、いつもは苦くないようにまず味を考えてブレンドするのだが、自分のための薬湯には、薬効を優先する。そのために、かなり苦く、色も独特で、一見するとまるで毒薬のようだが、効き目は抜群だ。即効性もある。

煎じた薬湯をお気に入りのカップに注いで、口直しのキャンディとともにテーブルへ。

どこからか入り込んで、常に何匹かは室内にいる羽根兎が、椅子に飛び乗ってカップを覗き込み、毎度のごとく嫌そうな顔をする。美味しくないよ？　と訴えるかに、ヒルダを見やる。

「しょうがないんだよ。お薬だからね」

「きゅい〜」

それ飲むの？　本当に？　と言いたげな顔の羽根兎に微笑んで、ヒルダはこくり……とそれを含んだ。ひと口で銀髪の色味が濃くなる。残りのもうひと口で、しばらくはこの色を維持できるだろう。

その強大な気配をすぐに察知できなかったのは、庵の周囲に施したクリスタルの結界のせいもあったのだろう。

一陣の風とともに黒い影が舞いおりる。ジークだった。

「ヒルダ、急ぎ調薬を――」

遊びに来たわけではなく、正式な依頼書をもってきたのだと、大魔王のサイン入りの羊皮紙をテーブルに置く。

だが、ヒルダが手にしたカップに気づいて、途端に顔色を変えた。

ヒルダは、慌ててそれを隠そうとする。その態度も、ジークの誤解を招いた原因だった。

「……それは？」

低い声で問われて、ヒルダは返す言葉に窮した。

「これ…は……」

ただの薬湯だと答えればいいはずなのに、どうしてか言葉がうまく出てこない。ジークの纏《まと》うオーラに気圧《けお》されて、痩身が硬直した。

彼は紛うことなき大魔王なのだとこの身をもって痛感する。ハイドラー公爵には、自分が消滅したのちの魔界の姿が見えていたのかもしれない。

強い力で腕を取られて、手にしていたカップが床に落ちた。どろり……とした液体が床に散って、独特の匂いをまき散らす。

「まだ、諦めてなかったのか？　ハイドラー公爵はもういないんだぞ！」

「陛下？　あの……」

およそ薬湯とは思えない色味の液体を、ジークが毒薬と勘違いしているのだと知れた。いつも自分のためにヒルダが淹れる薬草茶とは、まるで趣が違うのだから、それもいたしかたない。

「ち、違……っ」

今またハイドラー公爵のあとを追おうとしていると勘違いしたジークは、頭に血が昇った様子で、まるで聞く耳を持たなかった。まるで、これまでに溜《た》めた鬱憤《うっぷん》が、一気に噴き出したかのようだ。

「ジークって呼べよ！」

どうして「陛下」などと、他人行儀に呼ぶのかと詰め寄ってくる。

「は、放……っ」

二の腕を強い力で摑まれて、痛みに呻く。いつものジークなら、絶対にすぐに力を弱めてくれるのに、今日は違っていた。

「あのとき、俺がどんな気持ちで……っ」

喉の奥から絞り出すような声が、ヒルダの背筋を凍らせた。

「そんなに……そんなに公爵のことを？　なんで俺じゃダメなんだよ……っ」

「……え？」

ジークがいったい何を言おうとしているのか、ヒルダには理解ができなかった。緋眼を見開いて、間近にせまる碧眼を見上げる。強い魔力に輝く、美しい瞳だ。

「そんなに嫌だったのか？　俺が……だからこんなこと……？」

「ジーク？　なにを……」

名を呼んだのは、含む意図があったわけではなかった。逆だ。いつもは意識的に「陛下」と呼んでいるけれど、ヒルダにとっては、今でも助けた当時のジークなのだから。

だがそれは、ジークの憤りを煽ったにすぎなかった。

「なんだよ、いまさら……っ！」

今さら名前で呼んで、誤魔化そうというのかと、怒りをぶつけてくる。まったくの言いがかりだけれど、これまでの自分の態度を思えば、反論の余地はない。

「そんな……っ」

そんなつもりはないと言っても、言い訳にしか聞こえないだろう。ではいったいどうしたらいいのか。絶対に真実は話せないのに。

「お放しください」

ヒルダには、あえて冷たく突き放すことしかできなかった。それでジークの憤りが増しても、それはしょうがないと思ったのだ。

「……っ」

ジークが、奥歯をギリリと噛《か》みしめる。

「どうしても、ダメなのか」

どうあっても自分を受け入れてくれないのかと吐き捨てる。ヒルダの二の腕を掴む手に、さらに力が込められる。

「なら、もういい」

呻くような声が落とされて、同時に痩身を拘束される。腰を抱く腕に力がこもって、広い胸に囲い込まれる。

「ジー…ク、……っ！」

顔を上げた隙をつくように、唇を奪われた。

だがそれは、いつものじゃれつくだけの、可愛らしいものではなかった。

「……っ！　ふ…ぅ、……んんっ！」

いきなり口腔の奥まで貪られて、息苦しさに襲われる。

肩を押しのけようにも、びくともしない。

いつもとは様子が違うことに気づいたのだろう、羽根兎たちが「きゅいきゅい」と鳴きながら足元をぐるぐると走り回っている。やめて、やめて、と言うように。

「うるさいぞ」

ジークが指先を弾くと、羽根兎が忽然と消えた。

「な、なにを……っ」

あの子たちには何も罪はないのに……っ！　と縋《すが》る。

「外に出しただけだ」

消してはいないと、返す声も刺々《とげとげ》しい。羽根兎のことより自分を案じたらどうだと言うように。

「ジーク……待……っ、放……っ」

引きずられて、どこへ行くのかと抗ったら、ふいに身体が浮いた。横抱きに抱きあげられたのだ。

そして次の瞬間には、寝室のベッドに放りだされていた。

「痛……っ」

体勢を立て直すまえに、上から押さえ込まれる。

「ジー…ク？」

何をするつもりなのかと、問うのも愚かと思われた。

「放…せっ！」

渾身《こんしん》の力で抗っても無駄だった。のしかかるジークの瞳が、感情的な色を消していく。冷酷な光が宿るのを見た。

「私のものにする」

「ご…冗談、を……っ」

冗談ならどれだけよかったかと思いながら声を絞り出す。ジークの瞳は、冗談など言っていない。心はとうに、ジークのもとにある。だからこそ、受け入れられない。受け入れてしまったらもう、なにも隠せなくなる。

「もういない男に操立てする必要がどこにある?」

酷《ひど》い言葉を落とされて、ヒルダは唇を噛む。

「……っ!? なんてことを……っ」

ヒルダとハイドラー伯爵はそんな関係ではなかった。人間の世界のあり方に譬《たと》えれば、ヒルダは可愛い我が子のようなものだし、ヒルダも自分を父として慕ってくれるといいと、ハイドラー公爵はよく言っていた。人間界のことなどヒルダにはよくわからなかったけれど、主の言わんとすることは伝わっていた。

大切な存在だった。ヒルダにとってそうだったように、公爵にとってのヒルダも……だからこそ、公爵はジークにその後を託そうとしたのだ。

誰よりもジークの力を信じていた人を、ジークは酷い言葉で侮辱した。ヒルダには受け入れられない。愛する人が大好きな人を侮蔑《ぶべつ》する言葉など聞きたくない。

「ガキに興味はない！」

務めて抑えた声で吐き捨てた。

「私の心は今もハイドラー公爵のもとにあります。何百年、何千年経とうとも、あなたのものにはならない……！」

血を吐く思いで、心にもない言葉を告げた。

「……っ、ヒルダ……」

ジークの青い瞳が、ゆるゆると見開かれる。そこには、絶望にも似た光。ゆれる碧眼が、ただただ哀しみをたたえている。

ヒルダの胸が、ぎゅっと締めつけられる。

本当は、こんなことを言いたいわけではない。

口づけを受け入れて、この腕で力いっぱい広い背を抱きしめられたなら、こんな幸せはないと思う。

けれど自分は罪人だ。

咎人の身で、大魔王の傍にあることなど許されるわけがない。放っておけば白に染まってしまうけがれた身体では、ジークを受け入れることなどできない。

「お放しください、陛下」

ここで無理やり奪われても、ヒルダにはジークに屈する気はなかった。そのときは、白に染まるままに魔界で果てるだけだ。

庵の周辺にほどこした結界を解き、天界の門が開けられるままに放置すれば、あの歪みから現れる何者かが、自分を消滅させてくれるだろう。

「それほどに……」

ヒルダの覚悟を汲《く》み取ったのだろう、絶望的に呟いて、ジークがヒルダを押さえつけていた手から力を抜く。

何かをこらえるように苦しげに呻いて、それからふっと哀しげに目を細めた。頬に触れる指先が震えていることに気づいて、ヒルダはハッと緋眼を瞠る。

「愛しているよ、ヒルダ」

きみだけを……と、切なげな声が残響を残して、ジークの姿が消えると同時に、それも消えた。

「ジーク……」

大きく息をついて、緊張の抜けた痩身をシーツに沈める。

「ジーク……っ」

己の手で自身を抱きしめて、愛しい名を紡いだ。

激しい口づけだった。あんなに情熱的に求めておきながら、でもジークは紳士だった。本当にヒルダを愛しているのだ。

「きゅい……」

ジークによって外に弾き飛ばされたはずの羽根兎たちが戻ってきて、ベッドによじ登る。ヒルダを慰めようとするかのようにすり寄って、温もりを分けてくれる。

「おまえたち……」

やさしいジークが、羽根兎に酷いことをするはずがない。隣室に移動させられていた程度のことだろう。

「慰めてくれるの？」

ありがとう……と、小さな獣を抱きしめる。

ジークのエネルギーを間近に浴びた身体が熱い。ジークの感情をぶつけられて、それに応えたいと思う気持ちが反応しているのだ。

ハイドラー公爵との関係どころか、ヒルダはジーク以外に心を奪われたことなどない。悪魔として長く生きてきて、この肌を誰にも触れさせたことなどない。

いっそ力づくで奪ってくれれば……と望む浅ましさの裏に、いまさら何も知らないなんて言えないという恥ずかしさもある。けれどもう、そんな他愛無い悩みからも解放される。ジークにも見捨てられた。望んだ結末のはずなのに、どうしてこんなに切ないのか。

「……っ、ふ……っ」

ほろほろと涙が流れて、ヒルダは腕のなかでおとなしい羽根兎をぎゅっと抱きしめた。

「おまえたちは、ずっと傍にいてくれる？」

「きゅい〜」

あたりまえだよ！　と言うように、羽根兎がかわるがわるヒルダの頬を舐める。やわらかな毛並みを撫でていたら、銀猫姿でジークの腕に抱かれたときのことを思い出した。

撫でられて、恥ずかしかったけれど、嫌ではなかった。大きな手に撫でられるのは心地好かった。

——旦那さま、私はどうしたらよかったのでしょう……。

天界の実を食べたのに、消滅できなかった肉体。

いったいどうしたら、本当に消滅できるのだろう。天界の力に任せるしかないのだろうか。

もはや、銀色を保つ薬湯も、煎じる意味はなくなった。

「クリスタルの結界を、壊してきて」

テンたちを呼び寄せ、命じる。

使役令に従順に従うかわりに、テンたちはその命令が正しいのかどうかなど、考えることはない。

そういう意味では羽根兎のほうが賢いといえるかもしれない。

天界がなぜ今になって自分を狙《ねら》うのか、理由はわからないけれど、邪魔だというのなら消しにくればいい。
ジークの玉座を汚すことのないように。
願うのは、それだけだ。

5

甘えてくる羽根兎を膝に玉座で頬杖をつくジークフリートの傍ら、ライヒヴァイン公爵が眉間に皺を寄せている。

「まったく、肝心のものを忘れて戻られるとは」

まるで教師のように雷を落とされて、ジークフリートは肩を竦めた。

「悪かったよ」

ヒルダのところへ行ったのに、肝心の目的を果たさないまま戻ってきたのは事実だから、反論のしようもない。

「ヒルデガルトには、私の名前で依頼を出します。あの馬鹿《ばか》はいつ暴走するとも知れません」

ライヒヴァイン公爵のいう馬鹿とは、弟悪魔のウェンライト伯爵のことだ。

「イヴリンを与えておけば、おとなしくなるんじゃないか？」

「執事は主の餌ではありません」

「俺だったら、おとなしくしてるけどな」

ヒルダがずっと傍にいてくれるなら、面倒な執務もがんばるのに……と、ふてくされた声で返す。

「だったら監禁でもなんでもして、傍に置けばいいでしょうに」

ライヒヴァイン公爵が、おとなしく帰ってくるなんて……と、現場を見たわけでもないのに的を射たことを言う。ジークフリートは「それじゃダメなんだ」と力のない声で返した。

ハイドラー公爵と約束したのだ。ヒルダを大切に大切に慈しむと。その誓約ができないのなら、たとえ公爵以上の悪魔になれたとしても、ヒルダはやれないと言われた。ジークは二つ返事で応じた。愛する人を大切にするのは当然のことだ。

「私なら、相手の意思など問いません」

平然と返されて、ジークフリートは苦笑した。

「クライドのところの仔猫ちゃんは、全身でおまえが好きだと言ってるじゃないか」

意思もなにも……と返すと、ライヒヴァイン公爵が怪訝に眉根を寄せる。

「──って、アルヴィンが言ってた」

自分が言ったんじゃないと付け加えると、今度はおもしろくなさそうに「あの馬鹿が」と小声で吐き捨てた。

この後、兄弟の間でどんなやりとりがあろうと、ジークフリートのかまうところではない。なんだかんだと言ってライヒヴァイン公爵は弟悪魔を可愛がっているし、ウェンライト伯爵は兄悪魔を慕っている。

「力でどうこうしたって、意味はないだろ？」

心がともなわなければ意味がないと言うと、ライヒヴァイン公爵は「私にはよくわかりません」と首を傾げた。

「仔猫ちゃん、可愛がってるんだろう？」

「行くところがないと泣くので、私が保護しているのです」

ライヒヴァイン公爵は平然と酷いことを言う。彼なりのポーズだとわかっているので、ジークフリートも苦笑するしかない。

「ものは言いようだな」

溺愛《できあい》してるくせに……と呟くと、「なにか？」と片眉をピクリ。側近は怒らせないに限る。それ以上つっこむのはやめた。

「アルヴィン以外に、変わったことはないか？」

話を本題に戻して報告を受ける。

「今のところは」

目に見える異変は報告されていないとライヒヴァイン公爵は言うが、ジークフリートのアンテナにはたしかにひっかかるものがあった。

「わずかだが天界の気を感じる。どこからか覗かれているような、いやな感じだ」

正面きって攻撃をしかけてくるような、わかりやすい気配ではない。単純に、監視の目を強化しただけのことかもしれないが、ここしばらく特に問題も起きていないことを思えば、監視を強める必要性もない。

「特定はできないのですか？」

ジークフリートも、ずっとそれが気になっていた。どれほどわずかな気配でも自分に察知できないはずがない。魔界のどんな辺境の地であっても、大魔王の目から逃れることなどできないのだから。だというのに、察知しきれないでいる現状がある。

「何かが邪魔をして――」

ふいに押し黙ったジークフリートを、ライヒヴァイン公爵が訝る。

「陛下？」

どうなさいました？　と問う瞳にも、危惧の色。

――どういうことだ……？

そのときジークフリートの魔力は、辺境の地にたゆたう意思を持ったエネルギーを感じ取っていた。過去に触れた覚えのあるエネルギーだ。だが、それはもう魔界に存在しないはずのもの。

――残留思念？

だとしても、これまで感じ取れなかったものが、なぜ今になって……？

「クライド、調べてほしいことがある」

「なんなりと」

ジークフリートの命を聞いたライヒヴァイン公爵は、困惑を口にしないかわりに銀眼を眇めた。


緋色蓮華の咲き誇るなかに座り込んで、傍を離れようとしない羽根兎たちを膝に、ヒルダは赤い月を見上げる。

庵の周辺に施していたクリスタルの結界は取り去った。

薬蕩を飲むのもやめた。

だからといって、諾々と天界の者の手にかかる気はない。

魔界に不穏を呼び込むわけにはいかない。消滅するにしても、跡形もなく始末をつけていかなければならない。

羽根兎たちが、心配そうな顔でヒルダを見上げる。

ひたすら可愛い以外になんの役にも立たないなんて、とんでもない誤解だ。羽根兎たちは、傍にあるものの感情を理解し、温めようとする。群れからはぐれると、寂しくて死んでしまうと言われるのもそのためだ。

「傍にいたら危険だから」

離れているようにと何度言い聞かせてもダメなのだ。

「きゅい〜」

やだ、そばにいる！　と言うように、羽根兎たちはヒルダの膝の上からどかない。膝に乗りきれない何匹もが、ヒルダを囲むようにうずくまっている。

「やさしい子だね」

「きゅい」

「おまえたちに、天界の実の影響がなければいいのだけれど……」

色味の薄くなった髪を一房掬《すく》って呟く。

地面に座り込んでいるのに、羽根兎たちの体温があるおかげで、膝も足もとても温かい。

頭上を斥候鶫が飛ぶ。周囲を警戒しているのだ。その鶫が、高く一声鳴いた。

「……っ!?」

気配の先に、見た記憶のある空間の歪み。その向こうから射す光。魔界のものではない。天界の白。

魔界の黒を焼きつくす色だ。

羽根兎をそっと膝から下ろし、ヒルダは銀猫姿に変化した。長い二股尾を立て、銀色のヒゲを震わせる。

空間の歪みから現れたのは、光の塊だった。人型のようにも見えるけれど、わかりやすい形をなしていない。もしかしたら天界の者には違って見えるのかもしれないけれど、ヒルダの目にはそうとしか映らなかったその光の塊が、アメーバのように形を変えて、ヒルダに襲いかかってくる。光の塊のなかから、光の矢が飛びだした。

ヒルダは咄嗟《とっさ》に結界を張ってそれを防ぎ、その隙に羽根兎たちを逃がす。

光の塊に飛びかかって爪を揮う。スパッと光の塊に一撃は命中したものの、まるで効果がない様子で、鋭い爪の切れ目はすぐに元に戻ってしまった。

「く……っ」

着地の瞬間を狙って、光の矢が飛んでくる。

突然、光の塊を火炎が覆った。いつもは竈の番をしている火吹きイグアナが、炎を武器に変えたのだ。羽根兎たちの前に立ちはだかって、怒りの形相で火炎を吹きまくる。だが光の塊は、火炎を浴びている間こそ動きを止めるものの、火炎がやめばまた元通り。なにごともなかったかのように襲ってくる。

「お逃げなさい！」

羽根兎も火吹きイグアナも遠くへ逃がして、自分ひとりが光の塊に対峙《たいじ》する。

光は空間の歪みと繋がっていて、そこからいくらでも天界のエネルギーが送られてくるように見えた。あの歪みを閉じなければ、魔界に災いを呼び込みかねない。

自分は、光の矢に貫かれて消滅してもいい。でもその前に、あの天界の門をどうにかしなければ。

だが、所詮《しょせん》執事を生業とする黒猫族の魔力が、戦闘に通用するわけがなかったのだ。

「……っ！」

飛びかかろうと跳躍したところを、光の矢が肩をかすめて、ヒルダは緋色蓮華の地面に叩きつけられた。

「……っ、く……っ」

その衝撃で、変化が解けて人型に戻ってしまう。銀髪の色素は薄くなり、耳も尻尾ももはや隠せない。中途半端な姿を曝《さら》す。

光の矢が引き絞られる。

——ジーク……っ！

絶対に呼ぶまいと思っていた名を、気づけば呼んでいた。心の中で、ただひとり愛《いと》しい名を叫んでいた。

そのときだ。

魔界の藍色の空から、突如降る雷撃。

雷光とともに落とされた一撃が、光の塊を粉砕する。

「——……っ！」

声にもならない断末魔の叫びとともに、光の塊が蒸発する。あきらかに、魔界の者の消滅の仕方とは違う。

だがそれでも、歪んだ空間の向こうにちらつく天界の光。閉じない門。

「姑息《こそく》なやり方だ、光を纏う者よ」

低い声が響いて、一陣の風とともに黒い長身が降り立つ。大魔王としての正装に身を包んだジークだった。

「わずかな天界の気に、私が気づかぬとでも思ったか！」

ジークは、光の門の向うに言葉を向けている。この声は、わずかな空間の亀裂《きれつ》にしか見えない天界の門を通じて、天界を統べる存在にまで、届いているはずだ。

だがそれでは、大魔王の正式な発言となってしまう。こんな、天界を挑発するようなことを言ってしまっては……っ。

ヒルダは緋眼を見開いて、呆然とジークを見上げた。

「気に入らぬことがあるのなら、堂々と正面から来るがいい！　そのときは、私の雷で天の扉を討ち砕いてくれる！」

さあどうする!?　とジークは天界の門の向こうに問う。

魔界の空に、雷光が光る。赤い月が血色を帯びる。ジークの魔力の影響だ。大魔王の魔力が魔界に満ちて、飽和状態になったエネルギーが、あちこちで弾けているのだ。

このままでは全面戦争になってしまう。

自分などのために、ジークの治世になってようやく訪れた平穏を壊すわけにはいかない。

視界の端に光るもの。

ヒルダを狙って放たれた、天界の矢の破片だ。地面に突き刺さった鏃《やじり》には、鈍い光。天界の門が閉じ切らないために、いまだ白い光を放っている。

手に酷い火傷を追うのを承知で、それを摑んでいた。

喉を掻き切ろうとして、しかし寸前で腕がとまる。

「……っ!?」

身体が動かない。

「さような勝手を許した覚えはない」

冷えた光をたたえた碧眼に睥睨《へいげい》されて、ヒルダは力なくその場にへたり込む。ジークの瞳がわずかに揺れて、それだけで手にした鎌が蒸発した。

「すべて調べはついている。魔界に生きながら天界の欠片《かけら》に触れた罪は重い」

ヒルダは絶望的な気持ちで、緋眼を瞠った。

すべて？

すべて、知られてしまった？

「その銀色は、黒が昇華した色ではない。白が混じって生まれたものだな。その中途半端な姿も、魔力が天界の力に犯されているがゆえだ」

愚か者めと、言外に言われた気がした。

「も、もうしわけ……」

「貴様の処分は私が決める。己をどうこうする自由があると思うな」

大魔王としての声、表情、断罪だった。

ヒルダの知るジークの……ジークフリート・フォン・カイザーの姿はどこにもない。この魔界を統べ、今扉の向こうで彼の声を聞いている天界の統治者たちをも躊躇《ちゅうちょ》させるほどの力を持った、唯一無二の大魔王だ。

ジークがヒルダを断罪したことで、天界側も納得したのだろうか、わずかに揺らめく光が一瞬強さを増して、ヒルダには判別できない何か音のような声のようなものが聞こえたあと、それはスーッと

細くなって、消えた。

空間の歪みも正常に戻り、それにともなって、魔界の空をおおっていた雷光も消える。ジークが纏っていた圧倒的なエネルギーも終息した。

「ふん、一応聞く耳くらいはもっているらしい」

天界の気配が消えたところで、ジークが毒づく。ジークには、最後に聞こえた音のようなものが何を言っているのか、わかったようだ。それも、ジークの強大な魔力ゆえかもしれない。

ジークが意識的に露見させていた攻撃的なオーラを収めた一方で、魔界全体に満ちる歓喜と歓声。音にならずとも、波動で感じる。我らが大魔王の絶対的な魔力を目の当たりにした悪魔たちが、歓喜に沸いているのだ。天界との戦も怖くはない。来るなら来てみろといわんばかりのエネルギーを放出して、魔界全体が熱くなっている。

だが、そんな空気にのせられるようなジークではなかった。彼は冷静だった。

「クライド、しばらく玉座を頼む」

アルヴィンの様子にも注意しろと、指先ひとつで伝書雀を飛ばして、それからようやく地面にくずおれたまま動けずにいるヒルダに視線を落とした。

スッと手を差しのべられて、ヒルダは反射的に逃げを打つ。ジークの眉間に深い渓谷が刻まれた。

「い、いけませんっ」

自分に触れてはいけない。

こんなみっともない姿を、これ以上みられたくない。

傷ついた身体を抱えて、ヒルダは俺に逃げ込んだ。ぴったりと扉を閉めて、鍵もかける。ジークに対してなんの障害にもならないとわかっていながら、そうする以外に何も思いつかなかった。

玄関の扉はあっさりと破られる。

今のジークには、容赦などないだろう。当然だ。ヒルダは罪人なのだから。

だが、自室のドアのまえで、ジークの気配がとまる。そして、「ヒルダ」と呼びかける声。それは、大魔王としてのものではなく、聞きなれたやさしいジークの声だった。

「ちゃんと話そう」

「……っ、できません」

「こんな扉くらい簡単に壊せるんだけど、できればヒルダの手で開けてほしい」

「……無理」

扉のまえにへたり込んで、膝を抱える。

「放置してください。私のことなど――」

「できないよ」

できるわけがないだろう？　と長嘆とともに吐きだす。まるで、聞きわけのない子どもに言い聞かせるかのように。

いつの間にか、立場が入れ替わっていた。

傷だらけのヤンチャだった少年悪魔は、誰もがひれ伏す大魔王となって、ヒルダのすべてを包み込む包容力の主となっていた。

「愛してるんだ。放っておけるわけがない」

甘い響きを宿した声が鼓膜をやさしく擽る。比喩《ひゆ》ではなく、実際にジークのエネルギーを感じるのだ。

「……っ、いけない……そんな……っ」

頭《かぶり》を振って、それを振り払う。

「わかった。じゃあ、これだけでも見てほしい」

ヒルダの前に、楕円《だえん》形の、ぼんやりとした光を放つスクリーンのようなものが現れた。何か動くものが映されている。

「ハイドラー公爵は、魔界にありながら天界のものを隠し持った罪で処罰される」

「……っ!?　そんな……っ!?」

すでに罪を負って消滅した相手に対して、さらに罪を与えようというのか？

「魔界の理《ことわり》だ。枉《ま》げられない」

「……っ」

罪は罪だと言われて、ヒルダは唇を噛みしめた。罰なら、自分が負うのに。

「だが、すでに塵となった公爵に罪を負わせることはできない。だから、時間を巻き戻すことにした」

「……？　時間を？」

巻き戻す？

「見てごらん」

ジークの声に促されて、スクリーンに目をやる。いったい何が映されているのか、ヒルダにはわからない。見たことのない光景だからだ。

「人間界だ」

「……これが……」

雑踏のなかを行き交う人間の姿だった。

ここはどこだろう。街だろうか。小さな箱のようなものは、もしかして人間界の建物？　馬のない馬車のようなものが行き交うのは、道だろうか？

人型をとったときの悪魔とさほど変わらない姿の人間たちは、色とりどりの奇妙な衣装を纏い、道を行き交う。

ある者は急ぎ足に、ある者は立ち並ぶ建物に視線を向けながら。

だが、ヒルダの目を惹いたのは、多くの人間たちが、笑顔だったり、何かを喋《しゃべ》り合っていたり、楽しそうにしていることだった。

なんだろう、この奇妙なエネルギーは。

魔力とも違う、天界の白い力とも違う、雑多なエネルギー。これが、人間というものなのか？

人間界に下りる資格を持たないヒルダは、はじめて目にした人間界の様子に目を奪われ、映像に見入った。

「見つけた。あれだ」

「……え？」

ジークの声に促されて、それを見つけた。

それは、ひとりの人間だった。壮年期の入り口に立ったくらいだろうか、ひとりの紳士の姿。

その顔に、見覚えがあった。

「……旦那さま……」

黒猫族からひとり立ちしたヒルダが仕えはじめた当時の、ハイドラー公爵に瓜《うり》ふたつの顔をした人間だった。

ひとりの青年と微笑み合いながら、街を散策している。

「そんな……まさか……」

公爵の魂を、人間界に落とした？

「そんな……ひどい……」

公爵にまで上り詰めた悪魔にとって、これ以上の辱めがあるだろうか。なんの力も持たない人間に転生するだなんて……。

だが、ジークの静かな声が、それを否定する。

「それが公爵の望みだった」

「……？　望み……？」

公爵自身が望んで、人間界に落とされたと？

そんな馬鹿げたことが……。

信じかねる顔のヒルダに、ジークがライヒヴァイン公爵に調べさせたという情報を教えてくれた。

「隣の青年が誰かわかるか？」

「……誰、って……」

整った面立ちの、壮年の紳士とは少し歳が離れているように見える青年だが、特別変わったところはないように見える。

「公爵が魂を救った人間の生まれ変わりだ」

「……っ!?」

ジークから告げられた回答に、ヒルダは目を瞠った。

この人間のために、公爵は天界の理に干渉し、魔力を使い果たして消滅したというのか？　こんなちっぽけな人間のために？

「公爵は、人間に恋をしていた。自ら望んで、人間界に落とされた」

落とされるように仕向けたのだと、ジークは言う。俄《にわ》かには信じられなかった。

「公爵は、本望だったと思う。すべてはあのオッサンの計算どおりに進んだってことさ」

自分が玉座を手に入れるところまで、すべて公爵の計算の内だったはずだと、苦笑気味なジークの声。してやられた……と、愉快そうに言う。

その口調は、在りし日、ハイドラー公爵とジークとヒルダと、三人で過ごした楽しかった日々を思い起こさせる。

それがわかっていて、ジークは……いや、大魔王は……ハイドラー公爵に新たな罰を与えようというのか？

「ジーク……!?」

困惑するヒルダに、ジークが告げたのは、人間界で言うところの、いわゆる大岡裁きというやつだ。

そんな言葉をヒルダに教えてくれたのもハイドラー公爵だった。

「天界のものを隠し持った罪により、公爵の魂は消滅後人間界に落とされる。魔界の混沌《こんとん》に戻り、いつの日か再び悪魔として生まれることは二度と望めない。これ以上ない罰だ」

ゆるり……と緋眼を瞠る。

「人間として、想いを寄せた相手と幸せに暮らしているようだ」

「幸せに……」

並んで街を歩くふたりの人間は、たしかに幸せそうだった。微笑み合い、言葉を交わしながら、明るい太陽光の下を歩いている。

魔界とは違う、明るい太陽が昇る世界。

雑多なエネルギーに溢れた人間。

ハイドラー公爵が焦がれた世界が、そこにあった。

「旦那さま……よかった……」

震える両手で口許を押さえ、ようやく吐きだす。

罪の重い鎖に足を引きずりながら、混沌の闇を彷徨《さまよ》っているのではなくてよかった……。

涙が溢れた。

人間でも悪魔でもいい。自分を大切にしてくれた主が、幸せでいるのなら、それだけでいい。

ふわり……と、背後から抱きしめられた。

施錠した扉を背にうずくまっていたはずなのに、ジークの広い胸に背中から捕らわれる恰好で抱きしめられている。やはりジークには、扉一枚程度、なんの障害にもならない。

「だからもう、いいだろう？」

やさしい声が、耳朶を擽る。

「ジーク……？」

ぎゅっと強く抱きしめられて、ヒルダはぎゅっと心臓が痛むのを感じた。

「俺のものになれよ」

耳朶に落とされる甘い懇願。

公爵を忘れろとは言わない。けれど、もう乗り越えてもいいのではないか。もう自分を見てくれてもいいのではないか。切ない声が請う。

「公爵を思って天界の実を食べたのだろう？　でも、きみは消滅しなかった。きみを巻き込むまいとするハイドラー公爵の思念と、主を思うきみの魔力が呼応した結果だ」

それ以外に考えられないと言う。

今、魔界を統べる彼がそう言うのならそうなのだろう。

「ダメです。私は罪を……」

抱きしめる腕にさらに力がこもって、息苦しいほど。愛しくて、おかしくなりそうだ。

「ヒルデガルト、きみに処罰を言い渡す」

耳朶に低く掠《かす》れた声が告げる。

「陛下……」

ジークの手で直接断罪してもらえるのだろうか。そんな幸せなことはないとつづく言葉を待つ。ヒルダに告げられたのは予想外の言葉だった。

「ヒルデガルト、きみは危険人物だ。身の内に天界の白を宿している。よって、大魔王の保護下において直接の観察隔離に処す」

――……え？

それは、果たして罰と言えるのか？

「ジーク……？」

驚いて背後を振り仰ぐ。透明な碧眼は、冗談など言っていなかった。

「もう、誰にも触らせない。俺だけのものだ」

きつくきつく抱きしめられる。

「だ、ダメ……ですっ」

広い胸を、ヒルダは必死に押し返した。

「逃がさない」

ヒルダの抵抗ごときジークにとっては赤子の手に等しい。逃れようにも、容易く痩身を拘束されてしまう。

「ダメ……こんな、姿は……っ」

こんなみっともない姿を、たとえジークひとりの目であっても……いや、ジークだからこそ、見せたくない。

渾身の力で逃れて、部屋の奥へ。

それだって、逃れられたのではなく、ジークが腕の囲いをゆるめてくれただけにすぎない。

「ヒルダ」

ゆったりとしたストライドで、ジークが追いかけてくる。決して慌ててはいない。ジークには余裕がある。一方でヒルダは必死だった。

「来ないで！　見ないで！」

耳と尻尾を引っ込める余力ももはやなく、逃げるのが精いっぱいだ。

せめてもの省エネとばかりに銀色猫姿に変化すると、色素が抜けた今では、まるでプラチナに輝く白猫のように見えた。

「すごい……綺麗だ……」

必死に逃げる銀色猫をゆったりと追いかけながら、ジークがうっとりと呟く。

真っ赤な瞳とツンと立った耳と二股に割れた長い尾、プラチナの毛並み、額に戴く三日月。駆ける姿も美しい。

「みゃっ」

とうとう摑まって、四肢をばたつかせるものの、ぎゅっと抱きしめられたら、もはや逃げられなかった。

「なんて美しい……」

怯えたように毛を逆立てる美猫を抱きしめて、プラチナの毛並みを堪能するように大きな手がしなやかなボディを撫でる。

「にゃう」

喉元を撫でられたら、緊張していた軀から力が抜けて、銀猫ヒルダはくたり……とジークの腕に体重をあずけてしまった。

うっかりゴロゴロ……と喉を鳴らしそうになってしまう。

ハタ…と気づいて、必死に爪を立てるものの、黒衣を引っ掻く程度の抵抗しかかなわない。その小さな前肢をジークに取られ、肉球を揉られて、爪もひっこめざるを得なくなる。

「……っ」

緋眼を上げて、間近に迫る美貌を懸命に見上げた。口許に笑みを刻んだ余裕の表情が小憎らしくてならない。助けてやったときは、傷だらけの少年だったくせに。

「その姿も可愛いけど、でも……」

ジークはたっぷりと銀猫ヒルダの撫で心地を堪能したあと、額の三日月に、そっと唇を落とす。すると、ぽんっ！　と弾ける音ともに、ヒルダは人型に変化した。――が、猫耳と二股に割れた尻尾はついたままだ。

「……っ！」

見られたくない姿に戻ってしまったことに気づいて慌てる。諦め悪く逃げようとすると、今度は横抱きに抱きあげられる恰好で拘束される。ジークはそのまま猫脚のチェアに腰を落とした。

「放せっ！　ガキは嫌いだと言った――」

触るな！　と意図的にきつい言葉で罵倒《ばとう》する。――が、ジークは取り合わない。

「うそつきな唇だな」

ニッコリ微笑んで、喚《わめ》くヒルダの口を閉じさせるように、ちゅっと軽く口づけてくる。

「……っ！　な……っ」

ヒルダがどうしてジークを避けたのか、何を気にしているのか、すでに全部わかってしまっているジークには、ヒルダの一挙手一投足が可愛らしくてならない。年上の綺麗な人が自分の腕のなかで戸惑う表情は、これ以上ないほどに嗜虐心《しぎゃくしん》を擽る。

けれど、よもや自分の秘めた感情まで露見しているなどとは思わないヒルダは、諦め悪くジークを拒絶しつづける。

　そんなヒルダを、ジークは秘めた嗜虐心に駆られるままに、追い詰めにかかる。

「どうして俺を避けたの？」

「だから……っ」

　ハイドラー公爵に操立てしてしていたのであって、自分は子どもに興味ないと何度も言っているのに！

「どうしてこの姿を見られたくないの？」

「そ、そんなの……っ」

　悪魔なら当然ではないか。変化途中の姿を曝すなんて、ありえない！　人型に猫の耳と尻尾がくっついているなんて！

「どうして、拒んだの？」

　少し落とした声音で間近に問われて、ヒルダはきょとり……と首を傾げたあと、何を言われたのか気づいた途端にカァァ…ッと首まで真っ赤に染めた。

「……？　……っ!?」

　返す言葉を探すものの、見つからなくて焦る。

「こ、子どもと、そんな……っ」

「そっか。経験豊富なヒルダには、俺じゃ物足りないってこと？」

「そ、そうですっ」

この状況から逃れたいばっかりに、誘導にのってしまった。

「じゃあ、教えてよ」

「……へ？」

「ヒルダが先生になって。まずはキスから？　それともベッドに行く？」

「な……っ」

とうとう追い詰められて、押し黙るよりほかなくなった。そんな経験などないのだから、応じられるはずもない。

腰を抱くジークの手がヒルダの尾に伸びて、プラチナの毛並みを撫でる。条件反射で尾をジークの腕に巻きつかせてしまって、ヒルダは朱に染まった頬をますます赤らめた。

「わ、私の身体には……っ」

天界の白は悪魔にとって毒だ。こうして自分に触れるのも、決していいことではない。危険人物認定で監視をするというのなら、檻《おり》にでも地下牢《ろう》にでも、閉じ込めればいいのだ。

危惧するヒルダに、ジークは「そんなことか」と余裕の顔。

「天界の実？　俺には効かないよ」

「……え？」

驚きに緋眼を見開いて、間近に見上げる美貌を見やる。

「俺を誰だと思ってる？」

さきほどのエネルギー放出だって、かなり控えめにしていたのだと言われて、ヒルダは驚嘆した。

「いろいろ壊すと、あとからクライドが煩いし」

自分で全部直せなんて言われかねないと肩を竦める。年若い大魔王の暴走に手を焼く側近の姿が見えるようだ。

「ヒルダの罪くらい、俺が丸ごと包み込む」

だから何も不安に思うことなどないと言われて、ヒルダはヘナリ……と身体から力が抜けるのを感じた。

「あの薬湯、毒じゃなかったんだね」

ちゃんと確認しないから妙な誤解を生むのだと、あのあとライヒヴァイン公爵に叱られたと苦笑する。

ぎゅっと抱きしめられて、もはや抗う気力もなく、されるがままになるよりほかない。

「あれ……は……」

色を保ちたかったのは、ジークの来訪を待ちかねる気持ちがあったから。言葉では拒絶しながらも心は裏腹だった。

「はじめてヒルダを見たとき、なんて綺麗な悪魔がいるんだろうって思ったんだ」

ひと目惚れだったと、少年のような顔で笑う。

「ヒルダは？」

「……え？」

いつ自分のことを好きになってくれたのかと訊《き》かれて、ヒルダは詰まった。好きになったなんて、ひと言も言っていないのに。……好きだけど。

「そんなの、知りません」

覚えてないと返す。

「ずるいよ」

「ずるくたって、覚えてないんだから……っ」

しかたないではないかと早口にまくしたてる。ジークはしょうがないなぁ…という顔で苦笑した。

「ほんっと、ヒルダは嘘つきだなぁ」

「嘘なんて……っ」

覚えてるくせに、と揶揄《やゆ》されて、真っ赤になって噛みつく。銀猫姿だったら、顔面を引っ掻いてやるのに！

「そこまで言うなら、さっそくレッスンをはじめようか？」

終わったはずの話題をまた持ち出される。

「……レッスン？」

「嘘じゃないなら、教えてくれるでしょう？　……いろいろと」

レクチャーしてよ……と甘えた声で胸元にすり寄ってくる。

嘘をついていないのなら、年の功の経験値で、あんなこともこんなことも教えられるはずだと言われて、あんなことやこんなことが何を意味するのかもわからないヒルダは目を白黒させた。

「え？　……な？」

絶句するヒルダを、ジークの碧眼が愉快そうに見上げる。

「ジーク！」

揶揄の色を見取って声を荒げたら、罵倒ごと奪うように唇を合わされた。

「……んんっ！」

下から掬い取るように唇を合わされ、荒っぽく奪われる。口腔を擽る舌先に絡め取られ、喉の奥まで貪られた。

「ん……やっ、は……っ」

呼吸が苦しくて緩く握った拳で胸を打つと、ようやく解放されて、でも今度は角度を変えて啄《ついば》むように合わされる。

情熱的に貪られて、思考が蕩けはじめる。

ジークの大きな手が、黒衣の胸元を探った。

「や……だ、め……っ」

その手を止めようと手を掴むと、逆手に取られて指と指を絡めるように手を取られる。腰を抱く腕が滑り落ちて太腿《ふともも》をなぞり、背筋をゾクリとした感覚が突き抜けた。

「ん……ふっ」

首筋を擽られて、喉が甘く鳴る。

無意識にも、耳はぴくぴく、長い尾は甘えるようにジークの腕に絡みつく。もう一本の尾はご機嫌に揺れていた。

「中途半端な姿がみっともないなんて観念を先人がなぜ植えつけたのかわかるよ。こんないけない姿を見せつけられたら、執務どころじゃなくなる」

みっともないから禁忌なのではなく、危険な魅力に溢れているから禁忌にされたのだろうと、ジークが目を細める。

「いけない……？」

意味がわからなくて首を傾げるヒルダの額にやさしく押しあてられる唇。黒衣の上から痩身をなぞる指先が、無垢《むく》な肉体に淫《みだ》らな熱を灯《とも》していく。

「クライドはよく『けしからん』って言うんだけど、その言葉の意味がよく理解できるよ」

ふふ……と笑う。常に仏頂面のライヒヴァイン公爵が、愛玩する仔猫に対して、おもしろくなさそうにそんなことを言うらしいのだ。

「すごく、可愛い」

腕に巻きつく尻尾をとって、先端に口づける。そんな些細《ささい》な刺激にも、ヒルダは肌を震わせる。

さきほどから奇妙な熱が身体にこもって、思考が上手くまわらない。

「そんな……わけ……っ、……!?」

視界が歪むような感覚を覚えて、次の瞬間、リビングの猫脚のチェアの上でジークに横抱きにされていたはずのヒルダは、天蓋《てんがい》付きの大きなベッドの上でジークに組み敷かれていた。

「……っ！　ジーク!?」

ここは……？　と緋眼を見開くヒルダの耳に、信じがたい言葉が落とされる。

「城に用意した部屋だよ」

もちろんふたりですごすための……と付け足されて、さらなる驚きにもはや言葉もない。一瞬のうちに、魔界の中心に建つ大魔王の居城に移動していたのだ。

華美すぎず上質な調度品で設えられた一室は、かつてのハイドラー公爵の館を思わせる。あの館がヒルダの趣味で整えられていたことに、ジークは気づいていたのだろう。「気に入るといいけど」という言葉が、それを証明している。

「私の……ために？」

これが観察隔離のための部屋だと言っても、誰も信じない。

「俺の結界は誰にも破れない。同じことさ」

それはそうだが……。

言うそばから黒衣をはだけられて、ヒルダは慌てた。

「あ、あの……」

「もう待たないと言ったはずだ」

「……んっ」

反論は聞かないと、またも口づけ。

ジークが痩身をなぞると、ヒルダの白い肌を覆っていた簡素な黒衣が衣擦《きぬず》れの音を立てて肌をすべり落ちた。

「ひ……ぁっ」

白い肌に、余すところなく啄む愛撫《あいぶ》が落とされる。白い肌にまとわりつく布地が、みだりがましさを増長させる。

白い肌に銀の髪、二股に割れた感情表現豊かな尻尾と形のいい猫耳。透明感ある肌理《きめ》細かな肌が情欲に染まって、魔界の藍色の夜の闇に幻想的に浮き上がる。

潤んだ緋《あか》い瞳に滲《にじ》む無意識の媚《こ》び、荒い呼吸に色づく唇は唾液《だえき》に濡《ぬ》れ、倒錯的な色香を振りまく。

直接いじられたわけでもないのに、薄い胸の上でツンと尖って色づく胸の飾り、そして細い太腿の狭間で息づく無垢な欲望。

献身的に主に仕える黒猫族は、普段ストイックなぶん、心を許した相手に求められると、途端に淫らになる。欲望に従順で淫らな本質を、はじめて露《あら》わにする。

知識として、一族の特質を理解してはいたものの、よもや己の肉体で実感する日がこようなどと考えたこともなかったヒルダだが、黒猫族としての能力値の高さは、いいかえればその特質をより濃く備えていることになるわけで、はじめての経験だというのに、口づけと前戯のような愛撫だけで痩身はすっかり蕩けていた。

それはつまり、ヒルダがジークを求めているということ。

ジークの求めに応じて、心を開き、ずっと隠し持ってきた秘めた強い想いを返そうとしていることの表れだ。

「や……ぁっ、あ……ぁっ！」

肌のいたるところに啄む愛撫を落とされ、胸の突起を捏《こ》ねられて、痩身が跳ねる。

ストイックに執事として務めてきて、主を亡くしてからは辺境に隠居してしまったヒルダには、知識はあっても経験はゼロだ。自慰すら知らない無垢な肉体は、うらはら与えられる刺激を素直に甘受して、芳醇な色香を放つ。

全身でジークが好きだと言っているのとかわらない。だというのに、これまでずっと拒んできたのは、深刻な事情があったのもあるが、単純に恥ずかしかったのもある。

ジークよりずっと長く生きているのに、明らかに自分のほうが経験が不足しているのだ。それを暴かれるのが、恥ずかしくてたまらなかった。

「すごい……敏感だね、ヒルダ」

指先が肌を辿るだけで跳ねる瘦身を、ジークが嬉しそうに揶揄する。

「い……やっ」

ヒルダはほろほろと涙を流しながら頭を振るばかり。

悪魔は快楽と怠惰を好む。貴族ともなれば、とくにその性質が強くなる。だがそれは、時と場所を選ぶだけの理性がともなっていることが大前提の資質だ。時と場所を選ばなくなれば、それは本能のままに食らう下級淫魔と変わらなくなる。

だが今は、本能にすべてを委《ゆだ》ねたい気持ちだった。そうでもしなければ、恥ずかしくて頭がおかしくなりそうだ。

「ジーク……だ、め……っ」

浅ましく反応を見せる欲望を大きな手に包まれて、ヒルダはか細い悲鳴を上げる。

「ダ……メ、触…ら、ない、で……っ」

やわらかな内腿の肌の感触を楽しみながら、ジークはヒルダを弄《もてあそ》ぶ。言葉ではやめてと言いながら、饒舌《じょうぜつ》な尻尾がもっととねだるようにジークの腕に巻きつく。

ふるふると震える猫耳にキスを落とされて、それだけでビクビクと肌が震える。

「どうして？　気持ち好くない？」

そんなふうに訊かれて、頷けるわけもなく、ヒルダは力なく頭を振った。

ジークの唇が耳朶を擽る。

「じゃあ、もっと気持ち好くしてあげる」

甘い声が誘う。

蕩けた緋眼が見上げた先には、嗜虐的な色をたたえた青い瞳。

「……っ！　なに……っ!?」

身体を裏返され、腰だけ高く突きだすような体勢をとらされる。臀部《でんぶ》のやわらかな肉を摑まれ、双丘を割られた。

その場所に、滑った感触。

「ひ……っ！」

後孔《こうこう》を舐《ねぶ》られ、衝撃に背が撓《しな》る。上体が崩れて、より淫らな恰好を曝した。

「あ……ぁっ、ひ……っ！」

舌に蕩かされ、指に暴かれる。

尾の付け根を擽られて、後孔を刺激される以上の快感が背筋を突き抜けた。

「――……っ！」

はたはた……と、昂《たかぶ》った欲望から蜜《みつ》が滴る。

二股に割れた長い尾が、甘えるように、もっと激しくとねだるように、ジークに絡みつく。シルクの毛並みが肌を擽って、ジークはその感触に喉を鳴らした。

「感情表現豊かな尻尾だね」

頬を擽る先端に口づけ、それから付け根にも。そして再び双丘を割って、蕩けた後孔を舐る。

「こんなに軟らかくて……本当にハイドラー公爵とはなにもなかったの？」

わかりきったことを、意地悪く訊く。昔はもっと素直でいい子だったのに……！　とヒルダが眉根を寄せると、「怒った顔も綺麗だよ」などと、どこで覚えてきたのかと訊きたくなるようなセリフをのたまう。

「あ…たり、まえ……っ、や……ぁんっ！」

長い指に後孔を抉《えぐ》られて、腰が跳ね、高い声が迸《ほとばし》った。感じる場所を探られて、ますます思考がまわらなくなる。

「や……だめ……っ」

おかしくなる……と、泣きながら訴える。

背後を仰ぎ見て懇願する視線を上げると、「そんな表情で誘って……」とため息をつかれた。

「やさしくしたいのに、できなくなる」

ぷるぷると震える耳に口づけ、ジークがニンマリと笑みを刻む。どうしてもジークを子ども扱いしたいヒルダの目には毒なほど、艶めく牡《おす》の色香。ドキリ……とさせられて、肌が熱を上げた。長い指に穿《うが》たれた場所が、卑猥《ひわい》に戦慄《わなな》く。

「あ……んっ」

甘ったるい吐息。

頤《おとがい》を捕られ、苦しい姿勢で咬《か》み合うキス。

「う……んっ、ふ……」

背中からおおいかぶさられ、腰を摑まれる。片膝を抱えた恰好でヒルダを腕に抱いたジークが、背後に寄りそうように身体を横たえる。

狭間に、熱いものが触れた。

「な…に？」

片腕に腕枕《うでまくら》をされ、頤を固定された恰好で口づけを受け取るヒルダには、何が起きようとしているのかわからない。

蕩けた後孔に熱い切っ先がくぷり……と食い込む。

「……っ⁉ や……怖……い、いや……」

ほろほろと涙を流して訴えても、ジークは諌めるような口づけを降らせるばかり。

「い……や、いや……痛……っ」

じわじわと剛直が埋め込まれていく。

泣きじゃくっても許されず、苦痛と衝撃に逃げる腰は大きな手に掴まれて引き戻された。

ズン…ッ！ と衝撃が突き抜けて、最奥《さいおう》まで貫かれる。

「ひ……っ！」

痩身が痙攣《けいれん》して、呼吸すら苦しい。

「だ、ダメ……待……っ」

懇願虚《むな》しく、ジークが腰を穿ちはじめる。啼《な》き喘《あえ》ぐヒルダの表情を堪能しながら、その場所が馴染むのを待つ。

「は……ぁっ、……ぁぁっ！」

切っ先が感じる場所を抉って、細腰が跳ねた。途端、内壁が蕩け、ジーク自身を切なく締めつけはじめる。

長い尾が、ジークの腰を引き寄せようとするかに巻きつく。なにをどうしてほしいのか、尻尾は雄弁だった。

「もっと激しいほうがいいの？」

「い……や、……あぁんっ！」

腰をまわされて、衝撃が突き抜ける。甘ったるい声が白い喉を震わせる。

「そっか、物足りないんだね」

「ジー…ク、や……んっ」

身体を繋げた状態のまま、うつぶせられ、腰骨を掴まれた。さきほど後孔を舐められたときと同じ体勢。まさしく猫の交尾の姿勢だ。

「ひ……っ！　あ……あぁ——っ！」

いきなり最奥まで穿たれて、嬌声《きょうせい》が迸る。

激しい抽挿に見舞われて、上体が崩れ、シーツに突っ伏した。

「あ……ぁんっ！　い……いっ、奥……っ」

情欲に蕩けた思考は完全に麻痺《まひ》して、本能のままに淫らな懇願を紡ぐ。

穿つ動きに合わせて、細い腰が揺れる。歓喜に揺れる長い尾が、絶対に放さないとでもいうように、腰骨を摑むジークの腕に絡みつく。

「あ……ぁっ、や――……っ！」

ビクビクと痩身が跳ねて、はたはた……と白濁がシーツを汚す。内腿を伝う雫《しずく》がみだりがましい。

「……っ、は……ぁっ」

もはや己の上体を支えることもかなわなくなって、ヒルダは痩身をシーツに投げ出した。

一度繋がりを解いたジークが、力を失くした白い肢体を仰向《あおむ》ける。そして今度は、ヒルダに見せつけるように、ゆっくりと剛直を埋め込んだ。

「顔を隠しちゃダメだよ」

恥ずかしい……と、両腕をクロスして顔を隠そうとすると、目に見えぬ力に両手首を捕られ、シーツに縫いつけられる。

「いや……見ない、で……」

泣きながら訴えたところで、嗜虐心に駆られたジークを喜ばせるだけだ。

長年の想いは、そう簡単に昇華されたりはしない。ジークにとっては、ようやくヒルダの肌に触れることを許されたにすぎない。

「いや？　ホント嘘つきだね、ヒルダは」

恥ずかしいのが好きなくせに……と太腿を大きく割られた。荒々しく揺さぶられて、視界がガクガ

クと揺れる。

「ひ……ぁっ、あ……んんっ！　あぁ……んっ！」

何もかもジークの視界に曝されているのだと思ったら、先以上の快楽が襲って、ヒルダは奔放な声を上げた。

拘束をとかれた両手を伸ばして、ジークの背をひしっと抱き返す。

「……っ、ヒルダ……っ」

感極まった様子で、ジークが噛みつくように口づけてくる。

「う……んんっ！」

ヒルダも精いっぱいそれに応えて、緦った背に爪を立てた。

「一生、俺だけのものだ」

誰にも触れさせないし、自分以外の誰のために存在することも許さないと、激しい独占欲を見せつける。

「ジーク……」

嬉しくて恥ずかしくて、震える唇は言葉を紡げない。そのかわりに、腕だけでなく、長い尾でもジークをぎゅっと抱きしめる。

抽挿が速まって、頂に追い上げられる。

「ひ……ぁっ!あんっ!　あぁっ!　――……っ!」

一際高い声。痩身を震わせて、ヒルダは全身でジークを受けとめる。

「……っ」

耳朶に落とされる低い呻き。同時に、最奥で熱い飛沫《しぶき》が弾ける。

「あ……ぁっ、……っ」

か細い喘ぎが白い喉を震わせて、ヒルダは放埒《ほうらつ》の余韻に喘いだ。悩ましい吐息を零す唇を、ジークがやさしく啄む。

一瞬白く霞んだ思考が、ややして現《うつつ》に引き戻される。長い睫毛を震わせると、涙の雫が紅潮した頬を伝い落ちた。

「ジーク……、……んっ」

抱き合った恰好のまま、甘えるように体重をかけられて、ヒルダは満足げに喉を鳴らす。幼子を抱き締めるようにジークの頭を胸に抱き込んで、ヒルダは艶やかな黒髪に口づけを落とした。

そんなヒルダの痩身を広い胸に抱き上げた恰好で、ジークが仰臥《ぎょうが》する。しなやかな肢体をジークの上にくたり……と横たえた恰好で、猫耳と髪を撫でられる。心地好くて、無意識にも二股に割れた尾が揺れる。

日向《ひなた》の猫のようにまどろむヒルダを、ジークは碧眼を細めて見やる。

けれど、まだ若いジークは、まどろんでいるだけでは終われなかった。悪魔にはいくらでも時間がある。だから、どれほど怠惰にすごしたところで、無駄になる時間などないのだけれど、でもようやく手に入れた愛しい人をただ眺めていられるほど達観できてはいない。

「ヒルダ、お風呂《ふろ》はいろうか」

「……え？」

ヒルダが重い瞼を瞬いたときには、もうもうと湯気を上げる大きな風呂に瞬間移動したあとだった。地獄の業火の余熱で温められた地下水が、城の近くから間欠泉を噴き上げている。それを引いて溜めた湯だ。

こんなたっぷりの湯に浸《つ》かった経験のないヒルダは目を丸め、果てしなくつづくかに見える広大な湯船に視線を巡らせる。空間も時空も関係ない魔界では、大魔王が望めばなんでもありだ。

「湯あみがこんなに気持ちのいいものだとは知りませんでした」

シャワーは嫌いではないけれど、ハイドラー公爵の館にこんなに広い湯船はなかったし、辺境の庵はいわずもがなだ。

「気に入った？」

「はい、とても」

銀色の睫毛を瞬くと、白い瞼にキスが落とされる。

湯に濡れた銀毛がしっとりと耳と尾にはりついて、なんとも艶《なま》めかしい。ジークの腰をまたぐ恰好で抱かれていたヒルダは、すぐにそれに気づいた。

「ジーク……？　……あんっ！」

散々穿たれて敏感になった後孔の入り口に触れる昂り。

また？　と視線で尋ねるものの、甘ったるいキスで返されるのみ。

「あ……ぁっ、……んんっ！」

湯のなかで穿たれて、ヒルダはしなやかな腕をジークの首にまわした。対面で抱き合う恰好になって、綺麗な相貌が視界に大写しになる。ヒルダが大好きな、青い瞳が目の前にある。

「愛してるよ」

「私も……はじめて会ったときから」

さきほどは返さなかった問いの答《こた》え。言った傍から恥ずかしくなって、頬が熱い。

傷だらけで倒れている少年悪魔を助けたあのとき、なんて綺麗な子だろうと思ったあの瞬間に、きっと自分はジークに囚われていたのだ。

悪魔にとって美しさは強さの現れだ。ヒルダは黒猫族の本能的な直感でジークの秘められた魔力を感じ取り、惹かれたのだ。

「ジークの力があれば、私などいくらでも自由にできたでしょうに」

なのにジークは、ずっと見守って、ずっと待ってくれたのだ。

「心がなければ意味がないよ」

ヒルダのすべてが欲しいのだからと言われて、瞼の奥が熱くなる。

「心なんて……」

はじめからジークのもとにあったのだ。ジークが何をしても、ヒルダは結局許しただろう。

「じゃあ、待ったぶん、ヒルダを感じさせて」

甘ったるい口づけと、裏腹に荒々しい突き上げ。

「ひ……っ！」

迸る嬌声は甘く濡れて、広い背に食い込む爪は愛しさの裏返しだ。

ジークの腕のなかで、ヒルダは頂を見る。

「――……っ！」

何度目か追い上げられて、意識を飛ばし、痩身を広い胸に預けた。


白い四肢が力を失くしても、雄弁な尻尾はぎゅっとジークフリートを抱きしめる。シルクの毛並みが素肌に心地好い。

「ずっとこの姿のままでも可愛いのに」

ヒルダの寝顔を眺めながら、ジークフリートが呟く。ヒルダは気づいていなかったが、ジークフリートの腕のなかで、ヒルダは色味を徐々に濃くしていた。プラチナに輝いていた毛並みと比べると、ずいぶんと銀色が濃くなっている。

ヒルダのなかの白が徐々に小さくなって、黒を取り戻しはじめているのだ。

天界の実を食べた影響は、簡単には消えないものの、抱き合うことでジークフリートからエネルギーを受け取った結果、ヒルダは薬湯で色味を維持する必要がなくなった。

たぶんこうなるだろうことは、ジークフリートには想像がついていた。色味が戻れば、完全な人型を維持するのは難しいことではなくなる。

ライヒヴァイン公爵曰《いわ》く「けしからん」可愛さの猫耳尻尾姿だが、不可抗力でなければヒルダが見せてくれることはないだろう。力が完全に戻ってしまえば、お目にかかれなくなる。

「少し、先延ばししてもいいかな」

ヒルダの意識がないのをいいことに、ジークフリートは意地悪いことを呟く。

ヒルダは恥ずかしがるだろうが、それこそが目の保養なのだ。――と、ライヒヴァイン公爵が言っていた。

ヒルダにバレたときには、生真面目な側近のせいにすることにして、ジークフリートはいましばらく、愛らしい耳と長い尾のシルクの毛並みを堪能することにする。

もうしばらくは、執務を放棄していても、側近たちがなんとかしてくれるはずだ。

その堪忍袋の緒がどれくらい持つかは、正直疑問だが、少々の鬱憤は、彼らの情人に受けとめてもらうことにしよう。

ベッドのなか、寝乱れたシーツにくるまって怠惰を貪る。

しかたがない。

なにせジークフリートは大魔王、魔界を統べる悪魔大公なのだから。誰より怠惰で快楽を好み、そして独占欲が強いのは当然のことだ。

6

ジークフリートがヒルダを貪りつくして寝室から出てきたのは、あれからいくばくかの……いやそこそこの時間が過ぎたあとのことだった。

その間、すべての執務を押しつけられていたライヒヴァイン公爵からたっぷりのお小言を食らったものの、「落ち着くところに落ち着いたようで」と感想をもらった。彼なりに心配してくれていたらしい。

とはいえ、ライヒヴァイン公爵の一番の危惧は、魔界の秩序であって、それをもたらしてくれる存在であれば、ジークフリートでなくてもかまわないのかもしれないけれど。それでもひとまずは、一番信頼のおける側近だ。

「アルヴィンの様子はどうだ？」

天界の門が開きかかったため……というよりは、ジークが魔力を暴走させるふりをしたことで、ジークフリートの魔力に引きずられたらしいウェンライト伯爵は、あのあと暴走しかけ、イヴリンの献身で落ち着きを取り戻したと聞かされた。

「今は落ち着いています」

ヒルダの調薬した薬蕩が効いたようだとライヒヴァイン公爵が報告を寄こす。ジークフリートが執務に戻ったあとで、ヒルダが調合したものだ。

「イヴリンは大変だったんじゃないか？」

ノイエンドルフ侯爵が、おもしろそうに言葉を足した。献身といえば聞こえがいいが、ようは生贄《いけにえ》に差し出されたようなものだ。

とはいえ、ウェンライト伯爵がベッドのなかでどれほどの無茶をしようとも、正気に戻れば貴族らしからぬ気弱さで、イヴリンの尻《しり》に敷かれることになる。結局イヴリンには頭が上がらないから、少々のことは水に流されるのだ。

「アルヴィンよりも、ノエルのほうがある意味大変だったかもしれません」

「また厄介な植物を増やしたのか？」

ライヒヴァイン公爵が寵愛する仔猫ちゃんには厄介な能力があって、執事としてはまったく役立たずなものの、無駄に潜在能力が高く、その影響か、ライヒヴァイン公爵の館周辺では新種の植物が発見されることがあるのだ。

ヒルダが調薬に使えるような、役に立つ魔界植物ならいいのだが、以前は厄介な性質を持つマタタビを生やしてしまい、ひと騒動起こした。そのときも、結局煽りを食ったのはライヒヴァイン公爵で、その鬱憤は仔猫ちゃんをいたぶることで晴らしたらしい。

「クライドが仕事にかかりきりだったので、寂しくて拗ねてしまったようです」

「ヒース！」

余計なことは言わなくていいと、ライヒヴァイン公爵が眉間に皺を寄せる。

「貴様こそ、兎は寂しいと死んでしまうのではなかったか？」

「うちのレネは豹だよ」

レネ・グレーフェンベルク伯爵は、変化すると黒豹になる。——のだが、こちらも以前に、ちょっとあれこれあったために、こんな話になっている。

「ほう？」

そうだったか？　とライヒヴァイン公爵の銀眼が眇められる。ノイエンドルフ侯爵はどこ吹く風でまるで取り合わない。

「みんな幸せそうでいいことだ」などと、呑気《のんき》にかまえていたジークフリートだったが、ライヒヴァイン公爵に山積みにされた仕事を処理し終わって寝室——ヒルダを隔離するために結界を張ってジークフリート以外に入れなくした部屋だ——に戻ると、ヒルダが背を向けていた。

「ヒルダ？」

どうしたのか？　と顔を覗き込むと、拗ねた色を浮かべた緋眼に見上げられる。

「私は、ここでこうして囲われているしかないのですか？」

何もすることなくジークフリートの寵愛を受けるだけの日々に不満を訴える。もちろんそれは、ジークフリートに愛想を尽かしたという意味ではない。

「たしかに私は罪人です。自由が許されないのはわかっています。でもこれでは、あなたにお茶ひとつ淹れて差し上げることができません」

自分は黒猫族なのだと訴えてくる。

ジークフリートのためにお茶を淹れたりお菓子を焼いたりディナーのメニューを考えたり……身の回りの世話ができないことが苦痛なのだと訴えられて、ジークフリートは目を瞠った。

その様子を見て、ヒルダが不服そうに眉根を寄せる。

「ここに閉じ込められるくらいなら、庵に帰してください」

結界を張って行動範囲を制限してしまえば、この部屋に監禁されるのと変わらないはずだと言う。

薬草を摘みに外に出たいし、羽根兎たちのことも気にかかる。テンや火吹きイグアナは暇を持て余していないだろうかと、使役獣たちを気にかける。

「俺ひとりのものになってくれたんじゃなかったの？」

「それとこれとは話が――」

ぽんっ！　と弾ける音とともに変化したのは、ヒルダではなくジークフリートだった。大きな犬の姿になって、ヒルダの膝に頭をあずける。人型だったら、膝枕といったところか。

「ジーク⁉」

人の話を聞いてますか⁉　と、ヒルダが眉を吊《つ》り上げた。

「羽根兎はどこでも増える。使役獣は命令がないときは自由にしている」

だから放っておけばいいと、ふてくされた声で返す。

「何を拗ねてるんですか⁉」

大魔王が小型魔獣と張り合ってどうするのかと、呆れた叱責《しっせき》。

「ジーク⁉　いいのですか？　またライヒヴァイン公爵に叱られますよ？」

無視して目を閉じる。

「もうっ」

呆れの滲む長嘆が落とされて、それからやさしい手の感触。白い手が犬に変化したジークフリートの毛並みを撫でる。

「そうだ」

ヒルダが何やら思いついた顔で目を輝かせる。

「ブラッシングしましょう！」

ぽんっ！　とその手に取り出したのは、トリミングブラシ。

「……え？」

犬に変化した恰好で、ジークはたらり……と冷や汗を垂らすものの、楽しそうなヒルダにぎゅっと頭を抱かれて、おとなしくしているよりほかなくなった。

艶々になった毛並みに満足したヒルダに、鼻先にちゅっとキスを落とされて、犬の姿も悪くないと満足げに尻尾を揺らす。

数時間後、様子を見に来たライヒヴァイン公爵が、痛む眉間を押さえて苦言を呈することになるのだけれど、それも含めて、ひとまず魔界は平和だった。

魔界なのに平和なのも奇妙だが、ジークフリートが玉座にある限り、大きな諍いは起こらないし起こさせない。

「ヒルダ」

「はい？」

「愛してる」

鼻先を寄せて、白い頬をペロリ。

「そんな顔で甘えたって、誤魔化されませんから！」

ふいっとそっぽを向きながらも、その手は犬の毛並みを撫でている。

変化を解いて、腕に囲い込む。

「ジーク!?」

そのままベッドに引き倒すと、「話は終わってません！」と怒りながらも、ヒルダは期待に瞳を潤ませはじめる。

するり……と首に絡むしなやかな腕。

二股に割れた長い尻尾は、ジークフリートの身体に巻きついて、饒舌に愛を語らいはじめた。

クライドさまの
けしからん日常

大魔王さまの奔放さは、突出した魔力ゆえとわかっているクライドではあっても、堪忍袋には限界というものがある。

長年の片想《おも》いを成就させて年上の恋人に夢中になるのはかまわないが、やることはきっちりとやってもらわなくては困る。

なかなか開かない天の岩戸をまえに、頭を抱えるのが日課になって、すでにどれほどの時間が経《た》ったのか。

蜜月《みつげつ》がいつまでつづくのかは知らないが、悪魔にとってたいした時間ではないとはいうものの、これが人間だったらとんでもないことだ。

大魔王さまに頼まれて調べた、悪魔から転生した人間など、この間にすっかり歳《とし》を食ってしまった。まったく人間の寿命は短い。そんな人間になりたいと思う悪魔がいることすらクライドには信じがたい。

ハイドラー公爵は博識で知性に富んだ、尊敬すべき人物ではあったが、理解しがたい価値観の持ち主でもあったとクライドは分析している。

だが、ジークフリート・フォン・カイザーという若者を見出《みいだ》した目には敬服する。ハイドラー公爵がいなければ、今の魔界の平穏はないのだから。

それはさておき。

自分とヒースは、大魔王さまの右腕と左腕と言われる側近筆頭だというのに、どうにも自分ばかりが煽《あお》りを食っているような気がしてならない。

今日も、ヒースはグレーフェンベルク伯爵を館《やかた》に待たせているといって、早々にとんずらした。

自分もヒースもお籠《こも》り中の大魔王さまの代理として執務に負われ、しばらく館を開けていた。

「ノエルが待ってるんじゃないか？」

と言われて、

「執事見習いが主《あるじ》の帰りを待つのは当然のことだ」

と返したのはたしかに自分だ。――が、誰《だれ》も押しつけられていいとは言っていない。

サボるのが上手いヒースはいてもいなくても同じだが、言ったことは真面目《まじめ》にこなすレネは、助手にいると大変たすかる。そのレネがヒースの管理下にあるのが大きな問題だ。

「……ったく、逃げ足の速い」

しょうがない。区切りのいいところで、今日はこちらも引き上げるとしよう。

老執事のランバートが、ディナーの用意をしてクライドの帰りを待っているはずだ。ノエルがランバートの手を煩わせていなければいいのだが……。

ついノエルに意識が向いてしまって、書類をさばく手がとまる。

「……」

無意識にも眉間《みけん》に皺《しわ》が寄っていた。

誰が見ているわけでもないのに咳払《せきばら》いをひとつして、つづきにとりかかる。

らしくない。大魔王さまとヒルデガルトにあてられて、無用なストレスを溜《た》め込んだようだ。今宵《こよい》はノエルをたっぷりといたぶって、ストレス発散することにしよう。

魔界の中心に建つ大魔王の居城から、巨大な銀狼《ぎんろう》姿に変化することもなく跳躍して、クライドは一瞬ののちにライヒヴァインの館に帰着した。

「おかえりなさいませ」

長年クライドに仕えてくれている老執事のランバートが出迎える。

「あれはどうしている？」

いつも一番最初に尋ねる言葉は同じだ。

「ノエルさんでしたら、テンたちと一緒にパントリーに」

「パントリー？」

大丈夫なのか？　と怪訝《けげん》そうに問う主に、老執事はほくほくと穏やかに返す。

「がんばっておられますよ。今日は一日――」

ランバートの報告は、皆まで紡がれなかった。予期しない……いや、ある意味予想通りの騒音にかき消されたためだ。

どんがらがっしゃ――……んっっっ!!

ライヒヴァインの館を揺るがすほどの耳に痛い騒音が響いて、最後にカラカラカラ……と何やら乾いた金属音。

「うみゃぁあぁ～～っ！」

騒音につづいて、仔猫《こねこ》の悲鳴。

とててててて……っ、と軽い音は、テンたちがあたふたと逃げ惑う足音らしい。

「……おや」

ランバートが、ほほっと片眼鏡《めがね》の奥の目を細める。

今日はなんでしょう？　と呟《つぶや》く声には、愉快さすら滲《にじ》んで聞こえるが、クライドはそんなに甘くない。

「……あの馬鹿《ばか》猫……」

眉間に深い渓谷を刻み、毒づく。

「ノエル!!」

館を揺るがす声で呼ぶと、ビクリ……っ!　と背を震わせる気配がした。

「みゃっ!」

声はすれども姿は見えず。

叱《しか》られると思って隠れているのか。この館内に、クライドの目から隠れられる場所があるとでも?

「ノエル!」

今一度呼ぶ。

今度は返事もない。

クライドの銀眼が眇《すが》められ、「いい度胸だ……」と低い声が毒づく。

ノエルの煩雑な気配を探すと、パントリーから前庭につながる廊下にあった。逃げたいなら跳躍して逃げればいいものを、どうやら今日はうまくいかなかったらしい。

以前には、いきなり消えたかと思ったら、アルヴィンの館にいたこともあった。アルヴィンの執事のイヴリンは、同じ黒猫族のノエルの兄弟子のような存在で、追い詰められたノエルが無意識に頼ったためと思われる。

「どうやら磨いていた銀のカトラリーと一緒にお茶の缶をいくつか床にぶちまけたようです」

パントリーへ飛んで行って様子を確認してきたランバートが、木菟《ミミズク》姿で戻ってきて報告を寄《よ》こす。

「二万年ものの骨董《こっとう》の陶器も壷《つぼ》も無事でございましたから、どうぞ穏便に」

以前に一万年ものの、ランバート秘蔵のティーセットを割ったことがあったのだ。ランバートはティーセットの時間を止めておかなかった自分の責任だと言って笑っていたが、毎度甘い顔をしていては成長がない。

事実、ノエルは同じ失敗を何度も繰り返す。失敗から学ばない者はただの馬鹿だというのがクライドの持論だ。

「ノエル！　おとなしく出てこい！」

クライドの声にビクつく気配。このままジワリ……ジワリ……と追い詰めてやるのも、狩りに似ておもしろそうだ。

だが今日は、大魔王さまのかわりに執務に追われて疲れている。あまり時間をかけたくない。

「手間をかけさせてくれる」

毒づいて、ノエルの気配を追い、アーチ窓から跳躍する。ノエルは仔猫姿に変化して、庭に逃げ出したらしい。

緋色蓮華《ひいろれんげ》の黒爪草《くろつめくさ》の咲き乱れるなか、羽根兎《はねうさぎ》の群れが草を食《は》んでいる。紫紺薔薇《しこんばら》は今を盛りと咲き誇り、黒林檎《リンゴ》も大きな実をつけている。

「それで隠れているつもりか？」

もふもふ羽根兎の群れ……というか、何匹かがおしくらまんじゅうになった塊に向けて、低い声を落とす。羽根兎の団子の真ん中で、黒い毛並みがビクリ……と震えた。団子になった羽根兎たちが、きょとり……と小首を傾《かし》げる。

「みゃっ！」

首根っこをつまみあげると、尻尾《しっぽ》を丸めて四肢をぷらんっ。

もちろんクライドは手など使っていない。魔力でつまみあげているから、仔猫ノエルは宙にふよふよと浮いている恰好《かっこう》だ。

「ク、クライドさまっ」

ひ……っ！　と首を竦《すく》める仔猫に銀眼を眇め、「愚か者が」と吐き捨てる。

「毎度毎度、同じ失敗ばかりよくもやらかすものだ」

「……すみません」

しゅうんっと耳を伏せ、しっぽを丸める。

零《こぼ》れ落ちそうに大きな目が、上目遣いにクライドを見やる。

「磨いたカトラリーを食器棚にしまおうと思ったんですけど……」

テンたちを使役して、細々としたカトラリー類をしまおうとして失敗したのだと言う。

使役獣としてどこの館にも棲《す》みつくテンだが……いや、テンに限らず、ノエルは黒猫族だというのに、使役することができない。

蜷局《とぐろ》サラマンダーを筆頭に、気性が荒くて危険と言われる小型魔獣すら懐かせることができるのに、なぜか使役することができない。

本人いわく、「一緒に遊んではくれるんですけど、働いてくれないんです」とのことだが、クライドはもちろん、人生経験豊富な老執事ランバートですら、はじめて聞いた事象だった。

それもあって、羽根兎は増えるは、使役獣のテンたちもノエルと遊びたがってやたらと増えるは、ライヒヴァインの館は、ノエルが来てからというもの、小型魔獣の宝庫だ。しかも、働くよりノエルと遊びたがるから始末に悪い。

「できもしないことをやろうとするからだ」

何度チャレンジしたところで、テンを使役することはできないし、羽根兎たちは遊び相手にしかならない。わかっているはずなのに、無駄にポジティブなノエルは、何度でもチャレンジして、毎度玉砕する。

「で、でもっ、いつかできるように……」

「いつか？」

それはいつのことだと睨《にら》み据える。

「え、えっと……」

仔猫ノエルの頬《ほお》を、たらり……と冷や汗が伝った。

「できもしないことを言うなと今——」

言ったばかりではないか……と、嗜《たしな》めようとしたら、仔猫が必死の形相で訴えはじめた。

「できます！　いつかきっとできるようになります！　ぼく、いつか絶対にクライドさまの執事になるんですっ！」

大きな目をウルウルさせて訴える。

「いつか……いつか……っ」

そのために毎日がんばっているのだと訴えて、感極まって、ボロボロと泣きじゃくりはじめた。

「うぇ、え……っ」

ひーんっ！　と大粒の涙を零しながら泣く。

なんなのだいったい。情緒不安定になるような何かがあったとでも？

「イヴリンみたいに優秀じゃないから、ぼくなんかじゃお役に立たないかもしれないけど、でも……でも……っ」

なるほど……とクライドは納得した。

大魔王さまの依頼で、イヴリンにバウムクーヘンをつくらせたときに、アルヴィンともども王宮に呼び寄せたのだが、一連の騒動のなか、自分だけがカヤの外に置かれたようで寂しかったのだろう。

「事実、役に立たんのだからしかたあるまい」

何を高望みを……と、呆《あき》れる。

「うう……っ」

ノエルの大きな瞳《ひとみ》から新たな涙が溢《あふ》れて、艶《つや》やかな黒毛を濡《ぬ》らし、銀色のヒゲを弾《はじ》いた。小さな前《まえ》肢《あし》で、こしこしと目を擦《こす》る。

「擦るな。腫《は》れるぞ」

「だって……だって……」

役に立たないからといって、捨てるとも食うとも言った覚えはない。それどころか、館に居さえすればそれでいいと言っているのに、いったい何が不満なのかと、今度はクライドのほうが不機嫌になりはじめる。

ふよふよと宙に浮いていた小さな軀《からだ》に手を伸ばし、腕に抱く。仔猫ノエルは、クライドの黒衣の胸元に額をぐりぐりと擦りつけて甘えてくる。

長い尾をクライドの腕に巻きつけ、捨てないで……と全身で訴えてくる。それでいいのだ……とクライドは少し機嫌を上向けた。

愛玩《あいがん》されていればいいではないか。役に立たずとも傍《そば》に置いてやる。執事にしようなどという期待は、拾ってすぐに微塵《みじん》と消えた。予定外はこちらのほうだ。

「いいかげん泣きやめ」

銀のヒゲを軽く引っ張ってやる。

「痛いですぅ」

拗《す》ねた声で上目遣いに言う。まったくけしからん。

仔猫を抱いて、自室に戻る。

額に浮いた星型の痣《あざ》を指先でつつくと、ぽんっ！　と弾ける音とともに、ノエルは人型に変化した。

だが、耳としっぽはついたままだ。魔力をうまくコントロールできないノエルは、中途半端な変化しかできないのだ。

当人は恥ずかしいと言うけれど、クライドはそれほど悪いものでもないと思っている。

魔界では、とくに上位の悪魔たちの間では、中途半端に変化した姿は一番みっともないとされているのだが、果たして誰が言い出したことなのだろうかと、最近になって考えるようになったほど。

いいではないか、別に。耳もしっぽもあっても。

クライドの腕に抱かれて、ノエルは長い尾を自身を抱く腕に巻きつける。無意識に甘える仕種《しぐさ》だ。

「ぼく、お茶を淹れます」

「いらん」

またティーセットを破壊されてはかなわない。

「じゃ、じゃあ、湯あみの用意を――」

風呂《ふろ》はどうかと提案されて、それは悪くないと頷《うなず》く。

「洗ってやろう」

頭からしっぽまで、泡まみれにして洗ってやろう。黒毛が艶々になっていいものだ。

「ぼ、ぼくじゃなくて！　クライドさまのお背中を――」

ノエルを今一度仔猫姿に変えて、バスルームに移動する。ぶくぶくと泡立つ湯船にぽいっと放《ほう》ると、ノエルは受け身もとれないままに、ぽちゃんと沈んだ。

「あわわわわっ」

溺《おぼ》れそうになる仔猫を泡まみれにして洗い――もちろんクライドが手を使うことはない――たっぷりの湯でシャボンを洗い流す。湯からつまみ上げたノエルを広げたタオルにくるんで、その上からひと撫《な》で。

「ぷはっ」

すっかり艶々になった仔猫が顔を覗《のぞ》かせた。

「クライドさまと一緒がよかったのに……」

洗ってほしいと言ったわけではないと、拗ねた声で訴える。なにをしたいかはクライドが決めることであって、ノエルに決定権はない。

「不服だと？」

銀眼を細めると、小さな頭がぷるぷると振られた。タオルのなかから、黒いしっぽがぴーんと立っている。

もこもこのタオルから這《は》い出た仔猫ノエルが、クライドの腕に自ら抱かれる。真っ赤な舌が、クライドの唇をペロリと舐《な》めた。

「クライドさま、お疲れですか？」

そう言って、眉間の縦皺に前肢を伸ばす。肉球がむにむにと眉間の皺を伸ばそうとする。

しばし好きにさせて、それから長嘆。

まったくけしからんと、何度言わせたら気がすむのか。

額の星型をつんっとやると、腕のなかでノエルは人型に変化した。素っ裸に剝《む》かれた恰好で、猫耳としっぽつきがなんとも厭《いや》らしい。

次いでぽいっと寝室のベッドへ放る。

「みゃっ！」

ノエルが悲鳴を上げたときには、クライドによってシーツに押さえ込まれたあとだった。

「クライドさまぁ」

こんなところばかり、黒猫族の特徴を濃く備えている。ノエルは途端に緑眼を潤ませて、クライドに細い腕を伸ばしてくる。

クライドが城に詰めていたあいだ放っておいたのもあって、我慢が利かなくなっているらしい。

「あぁ……んっ！」

ツンと尖《とが》った胸の突起を抓《つね》っただけで、ノエルは甘い声を上げた。幼い色味の欲望がふるふる……っと勃《た》ち上がり、先端から厭らしい蜜を滴らせはじめる。指を絡めると、細い腰がビクリ……と跳ねた。

「や……ぁっ、あんっ」

長い尾がクライドの腕に巻きついて、もっとと訴えるように甘える。

荒い呼吸に喘《あえ》ぐ唇を塞《ふさ》いで、口腔《こうこう》の奥まで存分に貪《むさぼ》った。

「ふ……、……んんっ！」

濡れそぼつ欲望の根本をいじり、後孔《こうこう》に指を含ませる。

「あ……ぁっ、ひ……んっ！」

感じる場所を擦り上げてやると、内壁がクライドの指をきゅううっと締めつけた。ぐちゅぐちゅと厭らしい音を立てて煽りたて、頂へと追い上げる。

「や……いや、クライドさま……っ」

「何が嫌だ？　ここをこんなに濡らしておきながら」

クライドの指に嬲《なぶ》られる場所はとろとろに蕩《とろ》けて、もっと苛《いじ》めてほしいと訴えている。たっぷりと蜜を溢《あふ》れさせておきながら、いったい何が不満なのかと問う。

「や……ぁっ、いっしょ……が、い……っ」

ノエルは泣きながら懸命に訴えてくる。

「クライドさま……と、……あぁっ！」

腹につくほどに勃ち上がった欲望を弾いてやると、「ひ……っ！」と悲鳴を上げて、細い背を撓《しな》らせた。

「言うといい。どうしてほしい？」

何を望むのかハッキリと言えと涙に濡れた瞳を見据える。ノエルはひくり……と喉《のど》を喘がせた。涙の雫《しずく》を溜《た》めて重くなった長い睫毛《まつげ》が震える。

「クライド…さま、の……くださ、い……」

羞恥《しゅうち》に真っ赤になりながらも、その瞳には濃い媚《こ》びが滲む。

「ぼくのココ……に、奥まで……っ」

おねがいしますっ、とえぐえぐと泣きじゃくる。

「よかろう」

ノエルの反応に満足して、クライドは蕩けきった小さな後孔に、容赦なく自身の欲望を突きさした。

「ひ……っ！　あ……ぁっ！　や――……っ！」

跳ねる痩身《そうしん》を押さえ込み、思うままに穿《うが》つ。

黒猫族特有の淫猥《いんわい》さで、ノエルはクライドの情欲を従順に受けとめ、より淫《みだ》らに泣きじゃくる。

「あ……ぁっ、い……ぃ、気持ち……い……っ」

甘ったるい声で厭らしいことを言いながら、ノエルはクライドの肩にひしっと縋《すが》って、奔放に腰を振る。長い尾は、もっと深くと引き寄せるかのように、クライドの腰に巻きついて離れない。

「クライドさまぁっ」

細い腰が壊れんばかりに揺さぶっても、ノエルはそれを甘受して、ますます淫らに啼《な》いた。

「あ……ぁっ！　――……っ！」

感極まった声。白濁が薄い腹を汚す。うねる内壁の締めつけをたっぷりと堪能《たんのう》して、クライドもまたノエルの内に情欲を注いだ。

「……っ」

「ひ……ぁ、あ……っ」

痩身が余韻に震える。半開きの唇から、甘ったるい喘ぎが零れる。

身体を離そうとしても、ノエルのしっぽがそれを許さなかった。

「クライドさま、大好き……」

舌ったらずな甘え声が、最大級にけしからんことを言う。

クライドは銀眼を眇め、「性質《たち》の悪い馬鹿猫め」と毒づいた。

眉間の皺の原因だったストレスはどこかへ消えた。そのかわりに、また別の苛々《いらいら》がクライドを支配する。ノエルを見ていると、いつもこうだ。だからけしからん。

「久しぶりだ。たっぷりと楽しませてもらうぞ」

疲れきって、うつらうつらしはじめたノエルを許さず、多少手荒く頤《おとがい》を摑《つか》んで視線を合わせる。

ノエルは「ぴゃっ」と大きな目を見開き、青くなった。

クライドには、その反応が気にくわない。

「不満だと？」

ぷるぷるぷるっ。ノエルが懸命に首を振る。

「いい度胸だ。しばらく寝られると思うな」

銀眼の奥にギラリ……と嗜虐《しぎゃく》の色。途端ノエルは耳としっぽの毛を逆立てた。

「みゃぁあぁぁ〜っ！」

「うるさい」

逃げを打つ痩身をぺしゃり！　とシーツに押さえ込み、今度は獣の姿勢をとらせる。白い尻《しり》をいやらしく開かせ、「奥までください」と懇願させる。

「あぁ……んんっ！」

甘ったるい喘ぎを心地好《よ》く聞き、「もっと」「奥まで」「激しく」と言葉を強要する。

「クライドさまぁ」

キスを求めて喘ぐ唇を塞いで、喉の奥まで貪る。

ノエルの細い腕がひしっとクライドの首に縋って、口づけに応《こた》えようと懸命になる。

果てのない情欲を貪って、いったいどれほど寝室にこもっていたのか。これでは大魔王さまを笑えない。

「いつかかならず、お役にたちます、から……」

くたくたになりなって、重い瞼《まぶた》がいまにも落ちそうな状態になっても、ノエルは諦《あきら》めていなかった。

言いたいことを言って安堵《あんど》したのか、クライドの胸に頬をあずけ、すーっと眠りに落ちる。

長い尾が、するり……とノエルを抱くクライドの腕に絡みつく。

「けしからん」

もう何度呟いたかしれない言葉がまた口をついて、クライドは「ふむ」と腕のなかの仔猫に視線を落とした。

静かな寝息を立てる唇を軽く啄《ついば》んで、その甘さに満足する。

エネルギー切れを起こして眠るノエルが目覚めるまでは、抱き枕《まくら》になってやってもいいだろう。目を覚ましたらまた、楽しめばいい。

悪魔は永遠の時を生きている。

楽しむ時間なら、いくらでもある。

それもこれも執事の務め

魔界の片隅に建つウェンライト伯爵の館《やかた》。

パントリーは使用人が使う部屋なのだが、この館の主《あるじ》はそこに頻繁に出入りする。

使役獣のテンたちにキッチンの片付けを任せ、自分は主であるアルヴィンのためにお茶を淹れる準備をしていたイヴリンだったが、大魔王の玉座の置かれた城に呼ばれていたアルヴィンが小さな蝙蝠《こうもり》姿で戻ってきたかと思ったら、イヴリンの肩にひしっと縋《すが》ってえぐえぐと泣きはじめて、今度は一体どうしたのかと、痛むこめかみを押さえた。

しくしくしくしくしくしくしく……。

いいかげんうっとおしい。

「アルヴィンさま」

いなすように呼んでも、「ううう……」と縋るアルヴィンは離れようとしない。

本来の姿は強大な力を宿したドラゴンなのだが、魔力をうまくコントロールできないアルヴィンは、普段は小さな蝙蝠にしか変化できない。

その蝙蝠にすら、ときには変化を失敗することもある始末で、どうして貴族位を与えられ、伯爵を名乗っているのかと、下級悪魔にすら噂《うわさ》をささやかれていたりする。

アルヴィンの真の力をすぐに見抜いたのは、兄悪魔にあたるライヒヴァイン公爵と、魔界を統べる大魔王さまだけだとイヴリンは聞いている。

その大魔王さまの施した封印のおかげで、アルヴィンの魔力は暴走することがないかわりに、相変わらず小さな蝙蝠にしか変化できない、というわけだ。

「いいかげんになさってください」

仕事になりません！　と突き放す。

小さな蝙蝠が、涙に濡《ぬ》れたつぶらな瞳《ひとみ》に、ますます涙を滲《にじ》ませた。

「……イヴリン、冷たい」

アルヴィンの世話を生き甲斐《がい》とするイヴリンにも、我慢の限界というものがある。

主に仕えることを生業とする黒猫族のなかでもとくに優秀と言われるイヴリンにとって、館を完璧《かんぺき》に管理することこそ忠誠の証《あかし》であり生きる意味なのだ。その仕事を邪魔する存在は、たとえ主であっても許しがたい。

「いじけていて、何か解決するのですか？」

イヴリンの正論に返す言葉もない様子で、アルヴィンは完璧に拗《す》ねた。蝙蝠の羽根についた小さな爪《つめ》をイヴリンの執事服に立て、絶対に離れないと主張する。

「そんなにお暇なら、庭で羽根兎《はねうさぎ》たちと遊んでらしてください」

こちらにはまだやることがあるのだ。

すると、自分の主張が一向に受け入れられないことにむくれたアルヴィンが、とうとう文句を爆発させた。

「だって……だって、イヴが僕以外のためにバウムクーヘンをつくるなんて〜〜っ」

うぇぇぇぇんっ！　と泣き伏す。蝙蝠姿で。

アルヴィンが何を嘆いているのかといえば、大好物のバウムクーヘンのこと。

車輪型をした人間界の甘い菓子で、人間界好きなアルヴィンが見つけて、持ち帰ったことがきっかけで、最近魔界でも認知されるようになってきた。

人間界のものなど食べても魔力の足しにならない。

ただでさえ不安定なアルヴィンの魔力を調整するために、魔界の食材を使ってイヴリンがレシピを調整し、オリジナルのバウムクーヘンを焼くようになったのだが、それは自分のためのレシピであって自分以外の誰《だれ》にも食べさせたくないと、アルヴィンが泣いているのだ。

感覚的には、羽根兎などの小型魔獣に懐かれるのと変わらない。肩にくっつけたままでも、仕事にさしたる支障はない。

とはいえ、最初のうちは可愛《かわい》らしく思っていたイヴリンだったが、こう毎度毎度、ロクでもないことで拗ねられると、さすがに付き合っていられなくなる。

「大魔王さまからのご依頼なのですから、光栄なことではありませんか！」

何が不満なのだと叱《しか》りつける。

「でもでもっ」

アルヴィンはやっぱり涙目だ。

「そんなにお嫌なら、ご自分で断ってください」

仮にも伯爵なのだから、意見くらい言えるだろうと突き放す。

「……ううっ」

涙の上に涙を重ねて、アルヴィンは大泣きだ。

「だって、兄上が……」

クライド経由でもたらされた話である以上、ひじょ～に断りにくいと言う。兄悪魔のことは慕っているかわりに、幼いころから何もかも知られているために、頭が上がらないのだ。

「でしたら我《わ》が儘《まま》言わないで！」

自分で解決できないのなら、文句を言ってもしょうがないではないか。仕える立場にあるイヴリンには、上級悪魔に意見することなどできないのだから。

「ううう……イヴ～～～」

でもやっぱり嫌だぁ～と目《め》の幅涙《はばなみだ》。

いいかげん付き合いきれない……と、イヴリンは肩に縋る小さな蝙蝠をひっぺがし、アーチ窓の外に放《ほう》った。

「イヴ〜〜〜〜〜っ」

情けない声がこだまする。

さすがのテンたちも、驚いた顔で仲間と顔を見合わせる。

「さ、仕事を終わらせてしまってください」

「きゅ、きゅぃっ」

わらわらとテンたちが散っていって、パントリーに残されたイヴリンは、「私《わたし》だって……」と小さな声で毒づいた。

「アルヴィンさまのためだけにつくりたいですっ」

もうっ、なんでその場で断ってこないのかと、泣きたいのはこちらのほうだ。

「アルヴィンさまのバカッ」

甘ったるく毒づく。

自由奔放で素直なアルヴィンとは対照的に、執事としてストイックに務めるイヴリンは常に感情を抑えがちだ。

なかなか素直になれない自分に苛つくことも多い。アルヴィンのほうから察してほしくても、あのとおりの性質《せいしつ》だから、それも期待できない。

そういう意味では、魔力を暴走させたときのアルヴィンのほうが察しがいいといえる。

とはいえ、ひとたびアルヴィンが力を暴走させると大変なことになる。その煽《あお》りを我が身で知るイヴリンは、いつものアルヴィンが一番だと、思いなおして背筋を震わせた。


結局、大魔王さまからの依頼を断ることができず、イヴリンはアルヴィンが好きな味とは少し違うアレンジをほどこしたレシピでバウムクーヘンを焼き、指示された場所に届けた。

結局どういう話だったのかと言えば、大魔王さまが想《おも》い人へのプレゼントとして、物珍しいものを欲した、というだけのことだった。

しかも、指示された場所で一行を出迎えた美貌《びぼう》の長老猫は、頑として大魔王さまからの贈り物を受け取ろうとはしなかった。

これこそ黒猫族のあるべき姿だと、実のところイヴリンは尊敬の念すら覚えていたのだけれど、一族の長老に対して気安く口を利くこともできず、ひたすら恐縮するばかりだった。

というわけで、結局イヴリンが用意したバウムクーヘンも、クライドが用意したドーナツも受け取ってもらえず、自分以外の誰かがイヴリンのバウムクーヘンを食べるなんて嫌だぁ〜〜と泣いていたアルヴィンの想いは通じたことになる。

　さらには、大魔王さまの想いは、どうにかこうにか通じたらしく、結果的にハッピーエンドで終わるのだけれど、その一歩前に、イヴリン的に大きな災難が待っていた。

　正しくは災難でもなんでもないのかもしれないけれど、無茶をされるという意味では災難と形容する以外にないだろう。

　ちょっとした天界とのいざこざがあったとかで大魔王さまが強大な魔力を放出した結果、不安定なアルヴィンが引きずられてしまったのだ。

　アルヴィンのわずかな変化も、イヴリンには感じ取ることができる。

　なぜかと言えば、あまり大きな声では言えないものの、ベッドの上でのオレサマ度が上がるから。

　魔力のコントロールが利かなくなって我を忘れたアルヴィンは、まさしくケダモノ、その荒々しさを、イヴリンは一身に受けとめることになるのだ。


　アルヴィンの魔力を押さえる薬を調合させて届けると、たしかにクライドは言ったのに、何があったのか、間に合わなかった。

アルヴィンが暴走したあとで薬をもらっても、イヴリン的にはあまりありがたくない。

正直なところ、しばらくご無沙汰《ぶさた》だと、荒々しいアルヴィンもいいかも……なんて気持ちになったりもするのだけれど、実際にその状況に置かれると、やっぱりいつものアルヴィンがいい、という結論に落ち着く。

とはいえ、どちらもアルヴィンであることに変わりはなく、イヴリンとしては放っておけない。どれほどの無体を強いられても、愛《いと》しさにはかなわない。

アルヴィンの様子がおかしいことに気づいたのは、お茶の時間のこと。

眩暈《めまい》のような症状を訴えて、苦しげに呻《うめ》き、イヴリンの膝《ひざ》に倒れた。その直後にクライドに連絡をとって、薬云々《うんぬん》という話になったのだか、一向に届けられない。

アルヴィンの変貌は顕著になっている。

次になにかあれば、本当に暴走しかねない。

その対象が自分限定ならいいが、破壊活動に及んだらコトだ。大魔王さまの雷を食らう程度ではすまないだろう。

そのとき、魔界の藍色《あいいろ》の空を揺るがす轟音《ごうおん》が轟《とどろ》いて、遠くに雷。以前にバウムクーヘンを届けた辺境の方角だと気づく。

いったい何が……と、不安に駆られながら魔界中に響く大魔王さまの声を聞いて、そういうことならよかった……と、ホッとしたのも束《つか》の間《ま》、魔界中の悪魔が歓喜しても、自分だけはそういかないことにイヴリンは気づいた。

「イヴ」

背後から耳朶《じだ》に落とされる低く甘い声。

強い力で両肩を掴《つか》まれる。

「アルヴィンさま!?」

いけない……！　と思ったときには、金眼に不穏な光を宿したアルヴィンに、口づけられていた。

「う……んっ、……んんっ！」

横抱きに抱きあげられて、次の瞬間にはアルヴィンの寝室に連れ込まれる。ベッドに引き倒されて、イヴリンはおおいかぶさるアルヴィンを見上げた。

完全に我を失っている。

この状態のアルヴィンを落ちつかせることができるのは自分だけだ。

「ふ……うっ、……あっ」

荒々しく口腔《こうこう》を貪《むさぼ》られ、執事服をはだけられる。露《あら》わになった白い胸の上で色づく突起を嬲《なぶ》られて、細い腰が跳ねた。

アルヴィンがすっと手をかざすと、イヴリンの執事服が木端微塵《こっぱみじん》と吹き飛ぶ。

「……っ!? アルヴィンさま……っ」

白い肌が羞恥《しゅうち》に染まる。イヴリンは恥ずかしい姿を隠すように身を捩《よじ》った。――が、アルヴィンの手に止められる。

「ダメだ、全部見せろ」

「や……っ」

白い太腿《ふともも》を割られ、両脚を大きく開く恰好《かっこう》をとらされる。露わになった局部では、イヴリン自身が半ば立ちあがって、先端から蜜《みつ》を滴らせはじめていた。

「厭《いや》らしい身体だ」

大きな手で欲望を握り込んで、容赦なく扱《しご》く。

「いや……っ、あ……ぁっ、あぁっ！」

瞬く間に追い上げられて、イヴリンはアルヴィンの手に情欲を吐き出した。

すでに数えきれないほど抱かれた肉体は、この先の快楽を期待して、奥まった場所を疼《うず》かせはじめる。

黒猫族として優秀なイヴリンには、黒猫族の特徴が強く現れる。心を許した相手に対して、とことん淫《みだ》らになるのもまた、黒猫族の性質だった。

「ひ……ぁっ、や……っ！」

長い指に後孔《こうこう》を穿《うが》たれて、白い喉《のど》を仰《の》け反《ぞ》らせる。

「もうこんなに蕩《とろ》かせて、なんと淫らな」

愉快そうに言う。低く甘い声がイヴリンの鼓膜を焼く。

「アルヴィン…さま、も……っと」

もっと激しくしてほしいと懇願する。主を見上げるアパタイトブルーの瞳に濃い媚《こ》びが滲む。

「もっと？　どうしてほしい？」

金の瞳が意地悪く輝く。本質を露わにするとき、いつもは似たところなどないと感じるクライドとアルヴィンに繋《つな》がりがあることを納得させられる。

「……っ」

これ以上恥ずかしい言葉を口にできなくて、イヴリンが唇を噛《か》む。「素直じゃないな」と揶揄《やゆ》を呟《つぶや》いて、アルヴィンは上体を屈《かが》めた。

「アルヴィンさま？　ひ……ぁっ、あぁっ！」

膝を大きく割られ、腰が浮く。露わにされた後孔に、アルヴィンが舌を這《は》わせた。

浅い場所を舌先で擽《くすぐ》り、内部を抉《えぐ》る。剛直を受け入れるのとは違う刺激に、イヴリンは嬌声《きょうせい》を迸《ほとばし》らせた。

「あ……ぁっ、あぁ……んんっ！」

敏感な襞《ひだ》を舐《ねぶ》られ、浅ましく屹立《きつりつ》した欲望の根本を食《は》まれ、たまらない快感が痩身《そうしん》を襲う。舌に蕩かされた場所に指を含まされ、イヴリンは甘ったるい悲鳴を上げた。

「は……っ！　ひ……ぁっ！」

舌と指とに穿たれ蕩けた後孔が、もっと大きく激しいものを求めて疼く。

「アルヴ…、さま……っ」

濡れきった声で呼ぶと、アルヴィンは金眼に欲情を滲ませ、イヴリンを見上げた。

「ひ……っ！」

内部を穿つ指を、ぐりっと乱暴に蠢《うごめ》かされる。情欲に染まった肢体がひくひくと跳ねる。荒い呼吸に喘《あえ》ぐ唇は唾液《だえき》に濡れ、酷く貪ってほしいと訴える。

黒衣をはだけ、アルヴィンはその唇に、自分自身を捻《ね》じ込んだ。

「……っ！」

喉の奥を突かれてえづく。

イヴリンは懸命に舌を絡ませ、口腔全体でアルヴィンの欲望を扱いた。

熱く猛々《たけだけ》しい情欲が、イヴリンの口内でさらに大きさを増す。髪を摑まれ、乱暴に揺さぶられて、呼吸が苦しくなる。意識が遠のきかけたとき、滾《たぎ》った欲望が引き抜かれ、イブリンの白い顔に白濁が散った。

「は……ぁっ、……っ」

ずるずるとシーツに倒れ込む。

荒い呼吸に薄い胸を上下させ、震える痩身が身じろぐ。

「しゃぶって果てたのか？」

しとどに蜜に濡れる欲望に指を絡められてはじめて、アルヴィンに奉仕をしながら自分も果てていたことに気づいた。

「やめ……っ、……あぁっ！」

放ったばかりで敏感になった欲望を刺激されて、腰が跳ねる。

その腰に容赦なく、突き立てられる欲望。

「ひ……っ！」

激しい声を上げて、イヴリンは衝撃に耐えた。

「ひ……ぁっ、あ――……っ！」

穿たれて、またもイヴリンの欲望が弾《はじ》ける。はたはたと、薄い体液が白い腹に散った。

「淫らだな」

アルヴィンがうっそりと呟く。

「淫らで、美しい」

うっとりと細められる金の瞳。

喘ぐ唇に落とされる啄《ついば》むキス。それが数度繰り返されて、それから深く合わされた。

「アルヴィン…さまっ」

広い背をひしっと抱き返す。

アルヴィンの手がイヴリンの腰骨を掴んで、煽るように揺さぶった。

「あぁ……っ！」

イヴリンが意識を失うまで、アルヴィンは止まらない。

指一本動かせなくなるほどに貪りつくされる。

「イヴ……私だけのものだ」

独占欲剝《む》きだしの甘い声。

それだけで、すべて許せる。どんなに酷《ひど》くされても、すべて甘受して、イヴリンは痩身を情欲に染めるのだ。

「アルヴィンさまだけのものです」

ほかの誰に忠誠を誓うこともない。

一生アルヴィンの傍《そば》にあると誓う。

傲慢《ごうまん》な光を宿す金の瞳が、満足げな色を滲ませる。

何度目かの頂、イヴリンは意識を霞《かす》ませる。

「愛しています、アルヴィンさま……」

アルヴィンを解き放つ呪文《じゅもん》のように、その言葉を告げる。掠《かす》れた、消え入る声で。アルヴィンの金の瞳が正気を取り戻す瞬間を、イヴリンはいまだ見たことがない。


しくしくしくしくしくしくしくしくしく。

やっぱりっうとおしい。

頭からブランケットをかぶっていても、すぐ枕元《まくら》でうじうじとやられているのだから、なんの効果もない。今度からは耳栓も用意しておいたほうがいいだろうか。

「ごめん、イヴ、嫌いにならないで～～～～」

うえぇぇぇぇんっ！　と正気に戻ったアルヴィンが泣き伏す。

正気を失っている間の記憶はなくても、自分がとんでもないことをしでかしたことだけはわかるらしい。

そりゃあ、その身でイヴリンを好き勝手したのだから当然と言えば当然だ。

イヴリンはといえば、起き上がるのも億劫《おっくう》なほどのダメージを食らって、ベッドに寝ているよりほかない。

翌朝だけは、アルヴィンがイヴリンのためにお茶を淹れ、食事を運ぶ。かいがいしく介抱されているうちにイヴリンの溜飲《りゅういん》も下がって、ブランケットから顔を出し、以上終了、というのがいつものパターンだ。

つまりアルヴィンはただいま大反省中というわけだが、イヴリンとしては謝られるのも微妙……というのが正直なところだった。だからついつい口調はきつくなる。

イヴリンにしてみれば、愛する相手に抱かれているのだから、多少酷くされたところで愛情表現のひとつといえなくもないし、何より納得して抱かれているのだから、謝られたくなどない。

とはいえ、アルヴィンにしてみれば、意識が飛んでいる間に自分がなにやら酷いことをして、イヴリンが起き上がれなくなっているとなれば、謝らざるをえないだろう。「嫌いにならないで～」という毎度の懇願もいたしかたないと言える。

だからイヴリンは、頭からブランケットをかぶって、怒っているふりをするのだ。本当は、淫らに乱れてしまった自分が恥ずかしいだけなのだけれど、あんなふうに乱れた翌朝に、アルヴィンの顔を正視などできない。

「イヴ〜〜〜」

甘えた声で、アルヴィンが縋りついてくる。ブランケットごとイヴリンを抱きしめて、すりすりと頬《ほお》ずりをする。

「苦しいですっ」

くぐもった声で返す。ブランケットのなか、耳まで熱くて、やっぱりまだとうぶん顔を出せそうにない。

「イヴ、痛いところはない？　ごはんは？　マッサージしようか？」

「いいですからっ、ほっといてくださいっ」

妙な気遣いをされたら、ますます恥ずかしいではないかっ。

「イヴ、やっぱり怒ってる」

「怒ってません」

「怒ってる」

「怒ってませんっ」

つい口調がきつくなって、アルヴィンが黙り込む。また泣くかと思いきや、今度はブランケットからはみ出した髪に口づけられて、イヴリンはドクリと心臓を跳ねさせた。

「イヴ、大好きだよ」

イヴリンがいなければ生きていけないと訴える。

あまりに真っ正面すぎる求愛に、せっかく冷めはじめていた頬の火照りはぶりかえし、心臓がまたも跳ねた。

これではいつまで経《た》ってもブランケットから出られないではないか。

「ねえ、イヴ」

「……」

「お風呂《ふろ》いれたげる」

「……っ⁉」

驚きのあまり、うっかり息を呑《の》み込んでしまった。

「け、結構ですっ」

冗談ではないと辞退する。

けれどアルヴィンは引かなかった。

「兄上がね、ノエルを風呂に入れるのが楽しいって言ってたんだ」

クライドの言った言葉とは、絶対に大きくかけ離れた解釈をしているに違いないことは明白だった。

あのクライドが、そんな発言をするはずがない。

「アルヴィンさま……っ！　……っ⁉」

ブランケットごと抱きあげられて、慌てて抗《あらが》う。その拍子に顔を出してしまって、うっかり金の瞳と間近でかち合った。

途端、カッと頬に血が昇る。

「やっと顔を見せてくれた」

満足げなアルヴィンが、甘えた仕種《しぐさ》でキスを求めてくる。

「もうっ」

長嘆を零《こぼ》しながらも、イヴリンは口づけを受け取った。

手のかかる主が愛しくてならない自分の業は深い。それこそ黒猫族の性質なのだから、いかんともしがたいのだった。

白兎再び！
～執事の密かな愉しみ～

長年の恋をようやく成就させた大魔王さまは、お籠《こも》りになって出てこない。

悪魔たちの欲深さを身を持って知るレネは、大魔王の寵愛《ちょうあい》を一身に浴びることになる銀猫に同情を禁じ得ないものの、下手なことを言ってヒースの機嫌を損ねると、何をされるかわかったものではないから、あえて言及は避けることにした。

それでも、つい呟《つぶや》いてしまったのは、自分も彼を頼ろうと考えたことがあったため。

「辺境に棲《す》む魔女って黒猫族の長老のことだったのか……」

レネがうっかり羽根兎《はねうさぎ》と合体して、白羽根兎なってしまったとき、辺境に棲む魔女だか猫又だかの噂《うわさ》を聞きつけ、もとに戻る方法を教えてくれるのではないかと、辺境を目指したことがあった。

今考えると羽根兎の小さな躯《からだ》で無謀としかいいようがないのだが、あのときの自分がいかに必死だったかがわかるというものだ。

「猫又化してるとはいっても、あれはイレギュラーだからな。長老と言っていいものか……」

レネの呟きに返すのはヒース。

仔豹《こひょう》のころにロックオンされ、まんまとヒースの掌《てのひら》で転がされた感の否めないレネだが、結局おさまるところにおさまったというか、ようは幸せだった。

なんでもかんでもヒースの都合で好き勝手され、ときに強制的に仔豹姿にされていたぶられ、一度ベッドに連れ込まれれば、これ以上はもう絶対に無理！ というほどに執拗《しつよう》にされても、それでもとにかく、一応は幸せだった。

「全部公爵に押しつけて、よかったのか？」

大魔王さまが蜜月《みつげつ》を楽しんでいる間の執務のことだ。

なんだかんだと貧乏くじを引きがちなライヒヴァイン公爵にすべてを押しつけて、ヒースは館《やかた》に帰ってしまった。

その途中で、自分の館にいたところを拉致《らち》されて、レネが今現在どういう状況にあるのかといえば、ヒースの腕に抱かれた恰好《かっこう》でベッドのなか。

裸に剝《む》かれ、貪《むさぼ》りつくされて意識を飛ばし、さきほどようやく目を覚ましたところだ。

喉《のど》が渇いたといえば、レネが好きなお茶が届けられ、空腹を訴えればレネのためにノイエンドルフの館を管理する執事のギーレン特製のケーキが届けられる。

至れり尽くせりだが、ヒースの腕から出ることは許されない。

いつもこうだ。

ヒースはレネのすべてを支配しようとする。

レネのなにもかもを知っていて、いつも先廻《まわ》りする。

貴族のなかで一番若い自分の経験不足を危惧《きぐ》しているというよりは、おもしろがっている節がある。そんなヒースの歪《ゆが》んだ愛情だが、悪魔として生まれて間もない仔豹のころに捕らわれてしまったものはしかたない。

レネはヒース以外に心を動かされたことがなかった。

それがヒースの罠《わな》なのか、レネの一途《いちず》さなのかは、結局わからないままだ。

「ヒルデガルトのあれは、魔力が放出した結果だ。経験と英知を積んで長老になった者と、同じには扱えないさ」

「でも、それがともなわなければ、尾は割れないのだろう？」

「そう言われているがな」

なんせ今上《きんじょう》大魔王さまは横紙破りなお人だから、あの方の魔力が影響しているのだとすれば、これまでの常識でははかれないとヒースは珍しくレネの問いにまともに返してくれた。

「ふぅん……」

そういうものなのか……と、レネはヒースの腕枕《うでまくら》で話を聞く。

あの大魔王さまの寵愛を一身に受けることになるのだとしたら、ヒルデガルトという黒猫族も、なかなか災難だな……と、レネは自分を棚上げして思った。自分が周囲から同じように同情されているとは思いもしない。

「城に上がることになるのか？」

ヒルダは表向きは罪人とはいえ、妃扱《きさきあつか》いで城に上がることになるのかと問う。

「大魔王さまはそうしたいみたいだけど、どうかな」

一筋縄でいくような人物ではなさそうだと、ヒースが愉快気に笑った。

なんといっても、大魔王さまより年上なうえ、黒猫族の執事としての経験も豊富で、その上猫又で魔女と言われるほどの知識を有している。しかも、そこらの貴族なら裸足で逃げ出すほどの美貌《びぼう》の持ち主だ。

貴族に仕えることを生業とする黒猫族は中級悪魔に分類される。悪魔の数は下層の下級悪魔とそのさらに下の獣たちまで含めて、構成数は極端なピラミッド型だ。それゆえ上級悪魔の魔力は圧倒的で、貴族の美貌は他《た》の追従を許さない。

だというのに、格下の黒猫族の長老猫又のあの美しさはどうだ。

「ヒルデガルト……本当に魔女のように薬草や毒物に通じているのだろう？」

レネが問うと、「アルヴィンの暴走を完璧《かんぺき》に抑える薬を調合したらしいからな」と返される。ウェンライト伯爵の真の姿についても、レネはヒースとこういう関係になってはじめて聞かされた。ヒースに捕まったことで、レネは魔界の中枢に関《かか》わることになったのだ。

「今度は何を頼む気だ？」

なにか欲しい薬があるのか？　と揶揄《やゆ》を含んだ声音で問われる。そういう意味で聞いたわけではないと、慌てて返した。

「べ、別に……っ」

あのときの愚行を思い出して真っ赤になるレネを愉快気に見やって、ヒースが「また兎の耳と尻尾《しっぽ》が生えたか？」と揶揄を向ける。

ブランケットのなかで臀部《でんぶ》を探られて、レネはくすぐったさに身を捩《よじ》った。

その場所に白いぷりぷりの兎尾が生えていたときの恥ずかしさを思い出してしまう。しかも、ヒースだったら、またあの姿に戻してしまえそうで怖い。

逆らったら何をされることか……と思いながらも、かといって諾々と好きにされているレネでもない。気丈な性格が、ついつい可愛《かわい》げのない言葉を紡がせる。

「や、やめろっ」

触るなっ！　と逃げを打つレネを、ヒースの腕が容易《たやす》く捉《とら》えた。

「わ……っ」

シーツに組み伏され、赤い瞳《ひとみ》に間近に見据えられて、レネは金と青の瞳を揺らした。レネは左右色の違う金銀妖眼《ようがん》の持ち主なのだ。

「しっぽをいじってやると、気持ち好《よ》さそうにしていたな」

「そ、そんなわけ……っ」

カッと頬《ほお》に血が昇る。

「本当に？」

「本当だっ」

強気に返すレネの視界のなか、ヒースがニンマリと口角を上げる。とてつもなくいや～な予感がレネを襲った。

「じゃあ、試してみようか？」

「……へ？」

まさか？

そんな馬鹿《ばか》な？

と思ったときには、レネは己の身体《からだ》に起きた変化に気づいていた。

頬に、ふわふわと白いものが触れている。羽根兎の耳だ。

シーツの上のお尻《しり》には、ちょっと邪魔で、くすぐったいやわらかいものが出現している。兎の尻尾だ。

「……」

驚愕《きょうがく》のあまり、口をぱくぱくさせて、でも言葉もない。

種明かしをすれば、簡単な話だった。

肉体に流れる時間を、少し巻き戻してやるだけでいい。肉体の時間だけだから、記憶や思考には影響がない。

だがレネには、そんなやり方を思いつけない。レネはまだまだ若かった。経験値が不足していた。

ヒースにそこを突かれて、結果的に好き勝手されることになる。

「な、な、な……っ、なんで〜〜〜〜っ!?」

なんでまた白羽根兎に戻ってしまったのかと、レネが絶叫する。

「恥ずかしい恰好だな、レネ。いまや魔界一の美貌と謳《うた》われるおまえが、ウサミミを生やしているなんて」

「……っ!?」

やっと元の姿に戻れたと思っていたレネはショック倍増。

気丈さを保つこともできなかった。

金と青の瞳を涙に潤ませ、「どうして……」とくずおれる。

「や……だ、戻し…て……っ」

お願い……と、ヒースの広い胸に涙を埋《うず》める。

「お願いの仕方を教えなかったか？」

涙に濡《ぬ》れる頬を撫《な》でながら、ヒースが満足げにほくそ笑んだ。レネは喉をひくり……と喘《あえ》がせて、大きな瞳を瞬く。

「おねがい。もとにもどしてください」

そして、自らキス。

だが、「それだけか？」とつれなく返されて、またも涙を滲ませた。少しの躊躇《ちゅうちょ》を見せたあと、身体を起こしておずおずとヒースの腰にまたがる。

羞恥《しゅうち》に全身を朱に染めながら、ヒースの屹立《きつりつ》の上に腰を落としていく。

「あ……ぁっ、ん……っ」

まだ慣れないレネなかなかうまくできなくて、太腿《ふともも》がガクガクと震えた。

「まだ先っぽしか入れてないぞ」

ヒースが揶揄を向ける。レネはぷりっとした尾をふるふるさせた。

「だ……って」

無理……と頭《かぶり》を振ると、「しょうのないやつだ」と嘆息。

「ひ……っ！」

ズン……ッと腰を突き上げられて、レネは瘦身《そうしん》を撓《しな》らせた。

白い喉を仰《の》け反《ぞ》らせて、甘ったるい声を上げる。

「あ……ぁっ、や……んんっ！　……あぁっ！」

乱暴に突き上げられて、やがて肉欲に思考を支配され、無意識のうちにレネの腰が淫《みだ》らに揺れはじめる。

「あぁ……んっ、あ……ぁっ、い……っ！」

ヒースの腹筋に両手をついて上下に腰を揺すり、快楽を貪る。かと思えば、いやらしく腰をまわして、蕩《とろ》けきった内壁でヒース自身を搾り上げる。

「ヒース……ヒース……っ」

最中に名を呼ぶことも、ヒースから教えられた。

何も知らなかった無垢《むく》なレネを自分好みに仕立てて、ヒースは満足げに口角を上げる。

一層激しく腰を突き上げられ、揺さぶられて、レネはビクビクと腰を震わせた。

「――……っ！」

ヒースの視界に曝《さら》された恰好で、レネは情欲を弾《はじ》けさせる。白濁が白い腹に飛び散って、淫猥《いんわい》極まりない。

そのレネの内部のうねりを堪能《たんのう》して、ヒースも最奥《さいおう》に熱い飛沫《しぶき》を叩《たた》きつける。

「あ……ぁっ」

か細い声を上げて、レネは余韻に痩身を震わせた。

目覚めると、ウサミミと尻尾は消えていた。

そのかわりに今度は、チビ豹姿にされて、ヒースの腕に抱かれた恰好で風呂《ふろ》に浸《つ》かっていた。本来の姿のままでは、大きくて膝《ひざ》に抱いていられないという理由らしい。

「うみゃあ」

喉を擽《くすぐ》られて、まるで猫のような声を上げてしまう。

「隅々まで洗ってやったからな。風呂を上がったら、きっと艶《つや》々《つや》になっているぞ」

——隅々まで……？

レネはヒースの腕に抱かれた恰好で、きょとり……と大きな目を瞬《まばた》いた。丸い耳をピクリ……と揺らす。長い尾はヒースの腕に巻きついたままだ。

レネの問う視線に気づいたヒースが、実に意地悪い顔で口角に笑みを刻む。

「……っ!?」

途端レネは真っ赤になって、艶々の黒毛を逆立てた。

「みぎゃぁっ」

せめてもの一撃！　と振りかざした爪《つめ》も、ぽんっ！　と変化の弾ける音とともに効力を失う。

湯気を上げる風呂のなか、ヒースの膝に横抱きにされた恰好で人型に戻されて、レネは片手を振り上げた恰好のまま、真っ赤になって固まった。

その手をヒースに拘束され、広い胸に囲われる。

「言いたいことがあるなら言ってみろ」

一応、聞くだけは聞いてやる……と、意地悪い言葉。

「ヒース……！　う……んんっ」

文句を紡ごうとした唇は、罵声《ばせい》ごと口づけに奪われて、レネは金と青の瞳を瞠《みは》る。

たっぷりと口腔《こうこう》を貪られて、振り上げていた手はいくらも経《た》たず、ヒースの広い背を抱き返していた。


そのころ、ノイエンドルフの館のパントリーでは。

まったく表情を変えることのない執事のギーレンが、うきうきとレネのためのドーナツの山をこさえていた。

能面梟《フクロウ》であるギーレンは、表情筋を動かさない。けれど、彼の背後には、ウキウキという実に似合わない書き文字が躍る。

主《あるじ》に趣味が似て、愛らしいものが大好きな彼は、羽根兎を溺愛《できあい》しているが、最近のお気に入りはなんといってもレネだった。

つんっとした表情も、一方で甘えたくてたまらない素顔も、何もかもが愛らしい。

そのレネのために、彼はせっせとドーナツをつくる。

今日はスペシャルでいちごミルクチョコレートトッピングだ。

人間界で流行《はや》っているのだと、ウェンライト伯爵からの情報だから間違いない。

これを頬張るレネの姿を想像して、思わず昇天しそうになる。

「いけないいけない。私《わたし》には執事としての仕事がございます」

かしこまって言いながら、その手はハート形のドーナツにいちごミルクチョコレートをトッピングしつづける。

作業台の傍らで、なかなか仕事を言いつけてもらえないテンたちが、興味深そうにギーレンの作業を見守っていた。

大魔王さまの
淡い想い出

鬼の形相の男爵に一撃を食らったところまでは意識があった。かろうじて防御したものの、弾き飛ばされて、そこで記憶は途切れている。

徐々に浮上する意識下で、ジークフリートはこれまでの経緯を思い出していた。

あるとき、気づけば魔界の混沌《こんとん》のなかに立っていて、悪魔として生まれた自分を自覚した。それからは、ずっとひとりで生きてきた。青い宝石は、生まれた時から自分の胸元にあった。

温かいエネルギーを感じる。

これまで感じたことのないやさしい波動だ。これはなんだろう?

徐々に意識が浮上して、ジークフリートは重い瞼《まぶた》を押し開いた。

「気づいた?」

気遣う声。

額をおおっていた何かがどいて、その向こうから白い顔。その中心で心配げにゆれる緋色の瞳。

はじめて見る、美しい瞳だった。

視界の端に映る紫紺薔薇《しこんばら》の花弁も、その美しさを飾るアイテムのひとつでしかない。

なんて綺麗《きれい》なんだろう……と見惚《みと》れていたら、頬《ほお》にそっと手を添えられる。

「大丈夫？　痛いところはない？」

やさしく頬を撫《な》でられて、ジークフリートの心臓がドクリ！　と跳ねた。「こんな傷だらけになって……」と心配げにかけられる声も鼓膜を素通りする。

ドキドキがおさまらなくて、ジークフリートは懸命に痛む身体を起こした。助けてくれようとする手を、つい邪険に払ってしまう。

「平気だ。自分で立てる」

意地を張った傍から片膝《かたひざ》をついてしまって、情けなくて歯を食いしばる。「男爵の野郎……っ！」と毒づくと、手を貸してくれようとする緋眼《ひがん》の綺麗な人が「男爵!?」と驚いた声を上げた。

「きみ、何をしたの!?」

オロオロと問われて、「男爵が囲ってる愛人のひとりにちょっかいかけただけだ」と、この程度なんてことはないと見栄を張る。

感嘆の声が聞かれるかと思いきや、緋眼の綺麗な人は、「はぁ？」と頓狂《とんきょう》な声を上げた。呆《あき》れている反応だ。

それが気に食わなくて、自力で起き上がろうとするものの、男爵に食らった一撃は、思った以上に打撃となっていた。

痛みに呻《うめ》くジークフリートを呆れた眼差《まなざ》しで見やることしばし、緋眼の綺麗な人がクスリ……と笑みを零《こぼ》す。そして、ジークフリート的に受け入れがたい言葉を呟《つぶや》いた。

「おマセさんだね」

子ども扱いされるのが、こんなに不愉快なものだとはじめて知った。

「ガキ扱いするなよっ」

思わず言い返してしまって、それこそガキっぽいと思ったものの、拗《す》ねた子どものように口を尖《とが》らせてしまっていたことには気づけなかった。目の前の綺麗な笑みに見惚れていたのだ。

「はいはい」

くすくす笑いがおさまらないのを見て、おもしろくなくて「ちぇっ」と顔を背ける。なんだか無性に恥ずかしかった。

そんなジークフリートに、緋眼の綺麗な人が手を差し伸べてくれる。白い、綺麗な手を。

「館《やかた》へおいで。旦那《だんな》さまには私から話をとおしてあげるから」

握り返した手はやわらかくて温かくて、ジークフリートはドキドキが止まらない。本能的に、この綺麗な悪魔を欲しいと思った。自分のものにすると、このときに決めた。

「あんた、名前なんていうの？」

ジークフリートの不躾《ぶしつけ》な問いには、眉間《みけん》に皺《しわ》を刻み、緋眼を眇《すが》める。

「ひとに名を尋ねるときは、まず自分から名乗るのが礼儀というものです。いずれ貴族になるのなら覚えておきなさい」

厳しい口調で苦言を呈されて、ジークフリートは少し臆《おく》した。綺麗な人は、綺麗なばかりではなかった。プライド高く高潔だ。ますます欲しい。

「ジーク……ジークフリートだ」

与えられたばかりの名だった。まだファーストネームしかない。でもきっとすぐに爵位を賜る自信がある。

ジークフリートが素直に応じたことに満足の顔を見せて、綺麗な人は名を教えてくれた。

「ヒルデガルト。ヒルダと呼んでくださって結構ですよ」

ニッコリと微笑《ほほえ》む、綺麗な綺麗な悪魔。貴族に仕える、黒猫族。

悪魔として生まれたばかりのジークフリートが、恋に堕《お》ちた瞬間だった。


ゆっくりと瞼を上げると、あの日と変わらない美しい緋眼が見下ろしていた。

「ジーク？」

甘さを孕《はら》んだやさしい声が呼ぶ。

悪魔は人間のように眠る必要はないけれど、こんな感動が味わえるのなら、人のように毎日睡眠をとるのもいいものだ。

ジークフリートに膝枕をした恰好《かっこう》で、ヒルダは羊皮紙に羽根ペンを走らせていた。

どちらも宙にふよふよと浮いているから自動で動いているように見えるが、ヒルダが魔力で操っているのだ。薬湯の調合レシピを書き綴《つづ》っているのだろう。

そっと手を伸ばして、白い頬に触れる。

「どうしたんですか？　寝ぼけているの？」

クスリ……と笑みを零して、白い手をジークの手に重ねてくる。

「思い出してたんだ」

「……？」

ジークフリートの言葉に首を傾げるヒルダに、「出会った日のこと」と返す。するとヒルダは、愉快そうに目を細めた。

「あなたが生意気な少年だった日のことですね」

そんなふうに言われて、ジークフリートは「ひどいな」と口を尖らせる。

「そんな顔は、あのころとちっとも変っていませんよ」

いつまでたってもジークフリートを子ども扱いしたいらしいヒルダとの攻防は、この先もずっとつづくのだろう。

少し悔しくもあり、楽しくもあり……。

「大魔王になったのに？」

いつになったら一人前と認めてくれるのだろう。そんなことを思って問うと、思いがけない言葉が返された。

「肩書きはなんであれ、ジークはジークですから」

自分のなかでは、少年の日から変わらぬ、ただひとりのジークフリートだと言う。とんでもない殺し文句を呟いたと、自覚していないのがなんともヒルダらしい。

腕を伸ばして、ヒルダの首を引き寄せる。

「……っ！　ジーク!?」

危ないですよ、と間近に苦言。

その唇を、濃密な口づけで塞《ふさ》ぐ。

「……っ、う……んんっ！」

たっぷりと甘い口腔《こうこう》を貪《むさぼ》って、間近に緋眼を見据える。ひと目でジークフリートを釘づけにした、美しい瞳を。

「綺麗……」

呟いたのは、ジークフリートではなく、ヒルダだった。ジークフリートの碧眼《へきがん》を目を細めてみやって、うっとりと言う。

「はじめて見たとき、なんて綺麗な色なんだろうって、思ったんです」

まさしく自分が言いたかったことを、先を越されてしまった。ジークフリートは目を瞠《みは》って、そしてククッと笑みを零す。

「ジーク？」

「かなわないな、ヒルダには」

肩を竦《すく》めるジークフリートを、ヒルダが緋眼を瞠ってきょとりと見下ろす。「なんです？」と聞かれて、ジークフリートは痩身《そうしん》を胸に抱き込んだ。

「愛してる」

ヒルダの白い頬が、カッと朱に染まる。

「またそうやって誤魔化《ごまか》す」

怒った口調で言われても、それ以外に返しようがないのだからしかたない。

「誤魔化してないよ」

返す声に愉快さが滲《にじ》んでいたのがいけなかった。ヒルダの眦《まなじり》が吊《つ》り上がる。だがそんな表情も綺麗で、ジークフリートを煽《あお》るばかり。

「嘘《うそ》ばっかり。そうやっていつも——、……んんっ！」

文句を言い募る唇を口づけで塞ぐ。

わずかばかりの抵抗ののち、ヒルダの長い尾が、痩身を抱くジークフリートの腕に、甘えるようにするり……と絡みついた。

「ベテラン執事にお任せ☆ヒルダの執事講座」を開きたいと思います
今回はお二人の執事に来ていただきました
ウェンライト伯爵の執事イヴリンさんとライヒヴァイン公爵の執事（見習い）ノエルさんですね
主への忠誠は言うまでもありませんが礼儀作法、しきたりはもちろんのこと来客の際は相手の気持を考えながらも「完璧なおもてなし」を決して忘れずに迅速に動いていただ
始まったばかりですまないが
ノエルは棄権する
え!?
クライドさまなんでそんなことおっしゃるんですか!
むき
無理だろうおまえには
羽根兎と遊んでこい
やる前からそういうこと言うのよくないです!!

あの小さな執事は堂々と猫耳を……
なんとみっともない
あのチビ猫ちゃんは主の趣向だからいいんだよ
趣向…？
怖い顔してるけど結構物好きなんだよクライドは
よく入るねノエル
大公もびっくり
クライドさまのばかぁあああ
聴こえてますよ陛下
あんな変態に好かれてノエルも大変だ
なあレネ
ふわ
はっ
あんたも人のこと言えないよ
戻せよコレ
いいじゃんかわいいよ～ベッド行こ♡
かっかわいいとか言うなバカ!!
あんなに必死に猫耳を隠してたのがばからしくなってきました
ふう…
悪魔界も変わってしまった
みんなけしからん可愛さだよね
（ジーク）
イヴー帰っておやつ食べようよ
END

あとがき

　こんにちは、妃川螢《ひめかわほたる》です。

　拙作をお手にとっていただき、ありがとうございます。

　なんと！　ありがたいことにも悪魔シリーズ四作目。満を持しての（？）大魔王さまのご登場と相成りました。

　昔から大好物の年下攻めです。永遠に生きる悪魔に年上年下の意味があるのかは不明ですが、そこはＢＬの定石に則っていただきました。

　そして猫又さん。こちらも大好きアイテム猫又さん。

　昔、実家で飼っていた猫は十七年生きましたが、尻尾は割れませんでした（当然）。いったい何年生きたら猫又になるのか……死ぬまでに出会ってみたいものです。

　さらに、さすがに四作で終わりだろうと思い、既刊カップルにもすべてご登場いただきました。結局、すべての煽りを食っているのはクライドさま。そのクライドさまの鬱憤のはけ口になっているのがノエルという図式です。

　イヴリンとアルヴィンは毎度のパターンでラヴラヴしているようですし、レネはヒースにいたぶられながらも幸せなようで何より……かな？　ヒルダとジークのその後は、ヒースが語っている通りではないかと思います。いずれヒルダが辺境に引っ込んで、結果的にジークの通い婚、って感じでいかがでしょう?

イラストを担当してくださいました古澤《ふるさわ》エノ先生、お忙しいなか素敵なキャラたちをありがとうございました。ヒルダの猫耳に萌え、二股尾に萌え、ジークの男ぶりに萌えさせていただきました。

妃川の今後の活動情報に関しては、ブログをご参照ください。

http://himekawa.sblo.jp/

Twitterアカウントもあるにはあるのですが、システムがまったく理解できないまま、ブログ記事が連動投稿される設定だけして、以降放置されております。

ブログの更新はチェックできると思いますので、それでもよろしければフォローしてやってください。

@HimekawaHotaru

皆様のお声だけが執筆の糧です。ご意見ご感想等、気軽にお聞かせいただけると嬉しいです。

それでは、また。

どこかでお会いできたら嬉しいです。

二〇一五年三月吉日　妃川　螢

小説原稿募集

LYNX ROMANCE

リンクスロマンスではオリジナル作品の原稿を随時募集いたします。

募集作品

リンクスロマンスの読者を対象にした商業誌未発表のオリジナル作品。
（商業誌未発表のオリジナル作品であれば、同人誌・サイト発表作も受付可）

募集要項

＜応募資格＞

年齢・性別・プロ・アマ問いません。

＜原稿枚数＞

４５文字×１７行（１枚）の縦書き原稿、２００枚以上２４０枚以内。
※印刷形式は自由。ただしＡ４用紙を使用のこと。
※手書き、感熱紙不可。
※原稿には必ずノンブル（通し番号）を入れてください。

＜応募上の注意＞

◆原稿の１枚目には、作品のタイトル、ペンネーム、住所、氏名、年齢、電話番号、メールアドレス、投稿（掲載）歴を添付してください。
◆２枚目には、作品のあらすじ（４００字〜８００字程度）を添付してください。
◆未完の作品（続きものなど）、他誌との二重投稿作品は受付不可です。
◆原稿は返却いたしませんので、必要な方はコピー等の控えをお取りください。
◆１作品につき、ひとつの封筒でご応募ください。

＜採用のお知らせ＞

◆採用の場合のみ、原稿到着後６カ月以内に編集部よりご連絡いたします。
◆優れた作品は、リンクスロマンスより発行させていただきます。
原稿料は、当社既定の印税でのお支払いになります。
◆選考に関するお電話やメールでのお問い合わせはご遠慮ください。

宛先

〒151-0051
東京都渋谷区千駄ヶ谷４−９−７
株式会社　幻冬舎コミックス
「リンクスロマンス　小説原稿募集」係

イメージイラストラフより

この本を読んでの
ご意見・ご感想を
お寄せ下さい。

〒151-0051
東京都渋谷区千駄ヶ谷4-9-7
(株)幻冬舎コミックス　リンクス編集部
「妃川《ひめかわ》 螢《ほたる》先生」係／「古澤《ふるさわ》エノ先生」係

リンクス ロマンス

悪魔大公と猫又魔女

2015年3月31日　第1刷発行

著者……………妃川《ひめかわ》 螢《ほたる》
発行人…………伊藤嘉彦
発行元…………株式会社　幻冬舎コミックス
〒151-0051　東京都渋谷区千駄ヶ谷4-9-7
TEL 03-5411-6431（編集）
発売元…………株式会社　幻冬舎
〒151-0051　東京都渋谷区千駄ヶ谷4-9-7
TEL 03-5411-6222（営業）
振替00120-8-767643
印刷・製本所…株式会社　光邦
検印廃止

ISBN978-4-344-83402-6 C0293
Printed in Japan

幻冬舎コミックスホームページ　http://www.gentosha-comics.net